A noiva

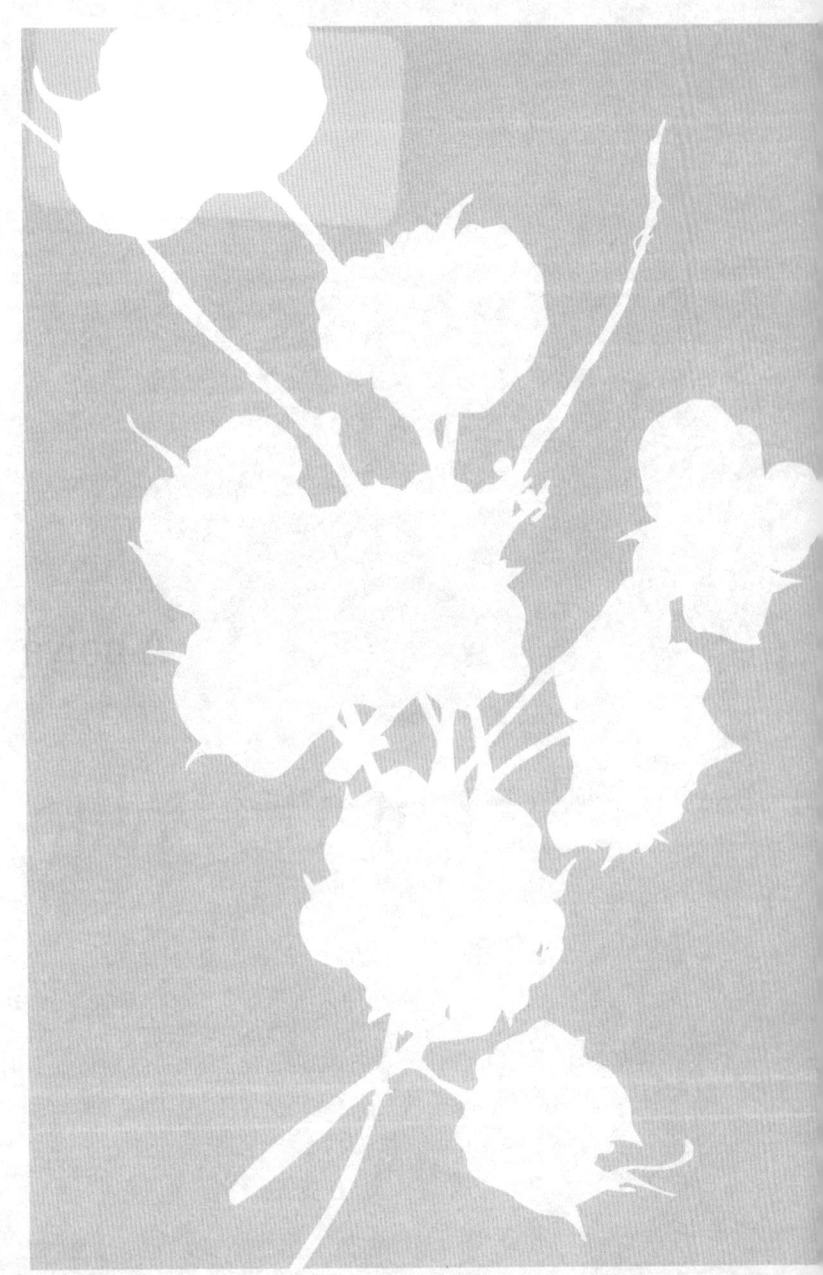

A NOIVA

Roberta Polito

São Paulo, 2019

A noiva
Copyright © 2019 by Roberta Polito
Copyright © 2019 by Novo Século Editora Ltda.

COORDENAÇÃO EDITORIAL: Vitor Donofrio
PREPARAÇÃO DE TEXTO: Daniela Georgeto
DIAGRAMAÇÃO: Vitor Donofrio
REVISÃO: Gabriel Patez
CAPA: Jacob Paes

EDITORIAL
Bruna Casaroti • Jacob Paes • João Paulo Putini • Nair Ferraz • Renata de Mello do Vale • Vitor Donofrio

---

Texto de acordo com as normas do Novo Acordo Ortográfico da Língua Portuguesa (1990), em vigor desde 1º de janeiro de 2009.

Dados Internacionais de Catalogação na Publicação (CIP)

Polito, Roberta
A noiva
Roberta Polito
Barueri, SP: Novo Século Editora, 2019.

1. Ficção brasileira I. Título

19-1172   CDD-869.3

Índice para catálogo sistemático:
1. Ficção brasileira   869.3

NOVO SÉCULO EDITORA LTDA.
Alameda Araguaia, 2190 – Bloco A – 11º andar – Conjunto 1111
CEP 06455-000 – Alphaville Industrial, Barueri – SP – Brasil
Tel.: (11) 3699-7107 | Fax: (11) 3699-7323
www.gruponovoseculo.com.br | atendimento@novoseculo.com.br

Para minhas avós,
Lúcia e Odete

Parte 1

1.

Beatriz acordou assustada. Num pulo, saiu da cama e se vestiu rapidamente.

– Aonde você vai a essa hora? – Reinaldo perguntou, ainda deitado.

– É a Sofia. Ela está precisando de mim.

– Sonhou com ela?

– Sim, até conversamos! Meu coração está acelerado, não vou conseguir ficar aqui. Preciso vê-la.

Ainda era muito cedo. Beatriz saiu ansiosa, sem tomar café da manhã, sentindo a emoção de ter falado com a filha, mesmo que em sonho. Pareceu tão real que poderia ter sido mesmo algum tipo de contato entre as duas. Depois de tanto tempo, era a primeira vez que Beatriz tinha esse tipo de sonho com a filha.

Sofia havia aparecido na cozinha de casa. Beatriz preparava o café da manhã quando Sofia a chamou. Beatriz olhou para o lado e se assustou quando viu a filha parada perto da porta. Ela correu para abraçá-la. "Como senti sua falta, mãe." Beatriz apertava os braços de Sofia, sabendo que aquele encontro era impossível.

Mesmo em sonho, Beatriz sabia que ver Sofia em casa não era mais algo comum como sempre fora. Na verdade, era o que Beatriz mentalizava noite e dia. Dormia e acordava pensando em poder conversar com Sofia novamente.

Na capela do hospital, esperou pelo horário de início de visitas. De olhos fechados, pensou em como seria maravilhoso se aquele sonho acontecesse de verdade. A falta que Sofia fazia a ela era muito grande e a espera por vê-la acordada de novo fez Beatriz perder o sono por muitos meses.

Muito tempo havia se passado, muitos diagnósticos desesperançosos foram dados pelos médicos, mas Beatriz se esforçou para não demonstrar para a família que algum dia tivesse duvidado da recuperação de Sofia. Quando estava sozinha em casa ou no carro, voltando do hospital, ela aproveitava para chorar longe do marido e da outra filha, Laura. Ver Sofia numa situação que, mesmo que ela não quisesse, a levava a pensar que tudo aquilo um dia teria um fim, não necessariamente feliz, fazia Beatriz sentir uma dor profunda, solitária e angustiante.

Beatriz subiu confiante ao quarto de Sofia. De repente, as coisas ruins que passavam por sua cabeça haviam sumido. Era como se ela esperasse Sofia abrir os olhos a qualquer momento.

– Agora eu sinto que está acabando. – Ela pegou na mão de Sofia. – Já disse outras vezes para você que tenho certeza de que nos veremos de novo, mas dessa vez a certeza é muito maior.

A enfermeira que estava no quarto percebeu que o momento era importante para Beatriz e as deixou sozinhas.

– Eu tenho pedido muito para você ter uma segunda chance. – Ela segurou a emoção e continuou a falar. – Eu daria tudo para vê-la sorrindo de novo, Sofia. Você tem muita coisa pra viver ainda, tem netos pra me dar. – Beatriz sorriu.

O telefone tocou dentro da bolsa. Beatriz imaginou que fosse Reinaldo, alarmado pela pressa com que ela havia saído de casa. Beatriz segurava a mão de Sofia e precisou soltá-la para alcançar a bolsa. Nessa hora, percebeu que seu polegar estava preso entre os dedos da filha. Beatriz não mais ouviu o telefone tocar, só observou sua mão. Tentou movê-la novamente e sentiu uma leve pressão.

– Sofia... Sofia, por favor, acorde! Você apertou o meu dedo! Filha!

A enfermeira apareceu ao ouvir Beatriz falar alto e entrou no quarto.

– Ela se mexeu! – Beatriz falou alto, levantando um pouco o braço direito para que a enfermeira visse que sua mão estava presa à de Sofia.

– Ela está apertando seu dedo! A senhora sente ela apertar?

– Sinto! – Beatriz estava radiante. – Sofia, você consegue abrir os olhos, dar outro sinal de que nos ouve?

As duas esperaram, ansiosas, mas nada aconteceu.

– Desculpe se vou deixar a senhora triste com o que direi – a enfermeira falou com cuidado –, mas já vi tantas coisas aqui neste hospital que, embora isso que aconteceu possa significar muita coisa, também pode não ser nada.

– Você tem razão. Mas eu não tinha visto ela fazer nada parecido em todos esses meses.

Sem tirar os olhos de Sofia, Beatriz esperou que a filha fizesse mais algum movimento. Observar Sofia sempre a levava de volta ao passado. Dessa vez, ela pensou na infância das meninas na pequena cidade de Monte Alto, no interior de São Paulo, onde ambas haviam nascido. Sofia era mais retraída do que Laura e passava mais tempo em casa, perto de Beatriz. Mesmo calada, estava sempre ali, tornando as tardes dentro de casa menos vazias para sua mãe. Era uma companhia constante, fato que naquela época preocupava Beatriz, pois ela percebia que Sofia, apesar de ser a mais velha, tinha mais dificuldade do que Laura para fazer amizades.

Naquele momento, no hospital, Beatriz agradeceu por ter passado mais tempo em casa com Sofia em Monte Alto.

A porta se abriu, e a enfermeira e Beatriz pensaram que fosse dr. Evandro, mas viram Tamara, amiga de Laura e Sofia e médica daquele hospital.

– Bom dia, Beatriz, tudo bem?

– Oi, minha querida. Que bom que está aqui. – Beatriz já tinha perdido o enorme entusiasmo de minutos atrás. Sofia já soltara sua mão e ela não pôde mostrar a Tamara o que havia acontecido. Beatriz se sentia mais segura na companhia de Tamara, que, além de ser uma grande amiga de Sofia, era médica.

– Laura está preocupada porque ela telefonou e você não atendeu. Ela queria saber se você ainda estava aqui no hospital. Aconteceu alguma coisa?

– Sofia apertou minha mão.

– Como? Sofia apertou sua mão? – Ela se aproximou da cama para observar a amiga.

– Sim. Só não sabemos o que foi isso. Eu coloquei minha mão sobre a de Sofia e só notei que o meu dedo estava preso à mão dela quando fui atender o telefone.

– Sofia... Sofia... Minha amiga, você está acordando? – Tamara falou carinhosamente, bem baixinho, acariciando a mão dela.

E então ela sentiu.

Sofia mexeu os dedos e, por alguns segundos, segurou o dedo de Tamara, mas logo o soltou.

Beatriz abraçou Tamara, radiante. No momento em que as duas se afastaram, puderam ver os olhos de Sofia entreabertos.

2.

Dr. Evandro, médico neurologista, chegou rapidamente e examinou Sofia, que mantinha os olhos vidrados. Beatriz e Tamara tentaram iniciar uma conversa com cuidado, mas ela não respondia. Parecia anestesiada. Algum tempo depois, Sofia chorou. O médico ainda a examinava e pediu calma a Beatriz, que ficou preocupada.

Sofia acabou adormecendo. Sua mãe não queria sair do lado dela para que a filha não acordasse novamente sozinha. Tamara telefonou para Laura pedindo-lhe que fosse até o hospital com seu pai. Ela não quis dar a notícia por telefone, mas disse que era importante. Quando eles chegaram, Beatriz os abraçou aos prantos.

– Ela acordou.

Laura não esperava ouvir isso. Ela e o pai pensaram no pior quando Tamara os chamou. Reinaldo se aproximou de Sofia e passou a mão sobre a testa dela, emocionado. Sofia abriu os olhos novamente e ele se assustou. A vontade do pai era abraçá-la e levantá-la daquela cama, mas, assim como Beatriz e Tamara, ele teve receio de agir de maneira imprópria e permaneceu imóvel.

Beatriz abraçou Reinaldo e então criou coragem para falar com a filha.

– Sofia, estamos aqui com você, meu amor. – Ela lhe deu um beijo na testa e limpou seu rosto molhado pelas lágrimas.

Laura abraçou a mãe pelas costas e observou Sofia sobre os ombros de Beatriz. Tamara estava aos pés da cama e também se emocionou, aliviada por ver a amiga se recuperar.

Sofia apertou os olhos e chorou. A família se afastou um pouco, pois ela parecia se sentir sufocada.

– Tamara, ela está passando mal? – Laura perguntou preocupada.

– Ele... – Sofia falou com dificuldade.

– Vou ligar para o Cristiano – Beatriz avisou Reinaldo.

– Sofia, você está sentindo alguma dor? – Tamara perguntou em razão da fisionomia sofrida da amiga.

Tamara pediu à enfermeira que chamasse novamente dr. Evandro, que ainda se encontrava no hospital.

Mais tarde, a chegada de Cristiano emocionou Beatriz novamente. Ele entrou no quarto e os outros saíram para deixá-los a sós. Apenas a enfermeira permaneceu. Beatriz estava muito ansiosa para ver a reação positiva de Sofia ao encontrar o noivo e abriu a porta, bem devagar. Sua filha ainda chorava e parecia angustiada.

– Sofia, estou aqui – Cristiano quis consolá-la. – Não vou deixar acontecer mais nada de ruim a você.

– Ele... – Sofia repetiu. Seu olhar denunciava que ela estava assustada.

Cristiano olhou para a enfermeira, sem entender como poderia ajudar, percebendo seu mal-estar. Decidiram chamar Tamara, que esperava do lado de fora do quarto, no corredor.

– O que ela quer? – Cristiano não estava entendendo.

Tamara pediu a Cristiano que saísse um pouco do quarto, pois Sofia parecia agitada.

– Vamos esperar o médico aqui no corredor. Ela precisa descansar.

– Parece que ela não gostou de me ver – Cristiano falou preocupado.

– Imagine acordar depois de meses sem ver ninguém, sem andar, sem falar. Ela ainda está muito confusa. É normal – Tamara explicou. – Com o tempo ela vai melhorando.

Sofia só pôde receber visitas novamente depois de passar por exames mais detalhados e repousar. Mesmo sabendo que ela estava se recuperando e que o pior já havia passado, Beatriz não conseguiu encarar a ideia de mais um período de espera com tranquilidade.

Todas as noites seguintes, a imagem dos olhos entreabertos de Sofia a perturbaram, com medo de que eles se fechassem de novo. Ela queria guardar apenas a lembrança daqueles olhos grandes e verdes mais vivos, mais expressivos. Assim que soube da liberação das visitas, Cristiano pediu licença de alguns dias no trabalho e correu para ver Sofia, fazendo questão de dormir no hospital. Beatriz não queria dividir a tarefa com ninguém, mas concordou, pois achou que seria melhor para Sofia.

– Mãe, você fez bem – Laura comentou. – Deixe os dois sozinhos um pouco. Eles estão precisando desse momento. Vamos para casa, você precisa descansar também.

As duas foram embora com Reinaldo. Quando Sofia e Cristiano ficaram sozinhos no quarto, ele não sabia como agir, como começar a conversar. Sofia dormia e despertava o tempo todo. Certa hora, abriu bem os olhos e observou Cristiano. Ele sorriu, estranhando seu olhar.

– Parece até que você não me conhece – ele falou baixinho.

A enfermeira apareceu e notou que Sofia não estava muito bem. Na ausência do dr. Evandro, ela chamou Tamara, que estava de plantão no hospital naquele dia.

– Vocês poderiam me deixar sozinha com ela, por favor? – Cristiano e a enfermeira saíram do quarto a pedido de Tamara. Ela alisou os cabelos da amiga e perguntou o que ela sentia.

– Não sei – Sofia respondeu com a voz abafada.

Enquanto Tamara a examinava, Sofia olhava para as paredes do quarto, tentando entender o que fazia lá.

– Quer conversar um pouco? – Tamara arriscou perguntar.

– O que aconteceu?

– Você está se recuperando.

– Por que estou aqui?

– Você sofreu um acidente.

– Acidente? – Sofia não se lembrava, conforme dr. Evandro alertara que poderia acontecer. – Foi grave?

– Não foi um acidente qualquer.

– Há quanto tempo estou aqui?

– Há algum tempo.

Sofia fechou os olhos, permanecendo calada por alguns instantes. Depois retomou a conversa com Tamara.

– Quem veio me ver?

– Seus pais, sua irmã, Cristiano...

– Só?

– Muitos amigos vieram visitá-la durante esse tempo. Muitos mesmo.

Sofia fechou os olhos novamente e ouviu uma voz familiar. A sensação era estranha, porque ela queria conversar, mas sentia que não conseguia. Quando abriu os olhos, assustou-se quando viu Tamara.

– Não era você que estava falando comigo... – Sofia ficou confusa. – Eu o sentia. Onde ele está? – Sofia se agitou.

– É melhor descansar um pouco. Depois conversamos mais.

Tamara chamou a enfermeira e Cristiano ao quarto.

– Ela está agitada.

– Pode deixar que cuido dela – Cristiano falou.

– Quero ficar sozinha – Sofia pediu com a voz mais fraca, já fechando os olhos.

Mesmo assim, Cristiano se acomodou no sofá e não a deixou só.

Quando saiu do quarto, Tamara aproveitou o encontro com dr. Evandro no corredor para conversar com ele.

– Doutor, ela disse ter sentido a presença de uma pessoa durante o coma e ter ouvido o que ela dizia. Ter se lembrado disso a deixou muito agitada.

– Ainda não podemos dizer se foi isso mesmo, o que é possível, ou se foi alguma confusão. Ela contou o que ouviu?
– Não. Ela não falou muita coisa. Parecia mesmo estar confusa.

3.

Sofia já estava em casa fazia dois meses quando, numa tarde, despertou assustada com o barulho na rua. Sentou-se na cama e percebeu que o dia já terminava. O cansaço a vencera. O aperto no peito a atingiu como em todas as outras vezes, trazendo junto uma vontade de chorar, de sair de dentro do próprio corpo. O fim do dia era o pior momento para ela, um período que trazia melancolia. O dia mais uma vez terminara e ela permanecia ali, fechada em casa. Sofia sentia uma sensação de perda de tempo, de desperdício de vida. Era como se ainda estivesse em coma, sem viver plenamente, sem se lembrar dos últimos meses que viveu antes de sofrer o acidente.

Era sempre nesse período do dia que ela sentia que algo estava fora do lugar. Como se precisasse se lembrar de algum fato muito importante, que mudaria tudo. Poderia ser o momento do acidente ou alguma outra coisa decisiva. Isso a deixava angustiada.

Fazia tempo que alguns momentos voltavam à tona. A memória trazia cenas em curtos *flashes*. Ela se levantou o mais rápido que pôde, querendo sair de perto da cama, parecendo precisar fugir daquilo que a atormentava havia alguns meses, desde que deixara o hospital. A insistente imagem de uma luz vermelha que girava rapidamente fez com que ela preferisse manter os olhos abertos.

Sofia envolveu o próprio corpo com os braços e se encolheu num canto do espaçoso sofá da sala. Ficou ali, abraçada aos joelhos, balançando o corpo lentamente para a frente e para trás. O silêncio da casa a assustava de vez em quando. Apesar de não querer ter conversas muito longas com ninguém, ela não desejava ficar sozinha, pensando no que poderia ter acontecido, com aquela sensação estranha de que as coisas não estavam nos devidos lugares. Foi até o banheiro e ligou o chuveiro, deixando a água correr por um tempo. Aquele som a distraiu. Terminou de desabotoar a camisa, tirou o restante da roupa e ficou debaixo da ducha. A água correu sobre sua cabeça, descendo por todo o tenso corpo.

Sofia agradeceu pela vida. Ela sabia que a volta gradativa daquelas lembranças era o sinal de que estava se recuperando.

Depois do banho, vestiu o pijama e foi até o quarto da irmã. Laura estava dormindo serenamente, coisa que Sofia não conseguia fazer havia algum tempo. Então fechou a porta do quarto da irmã e se dirigiu ao seu. A cortina estava aberta, deixando a luz da rua entrar. O som dos carros, das vozes de vizinhos e de pedestres que passavam por ali deixavam Sofia nervosa. Existia vida fora daquela casa e ela ainda não estava disposta a enfrentar o mundo além do ambiente seguro do seu quarto.

Quase duas horas depois, Sofia adormeceu por cima do edredom. O sono foi agitado, mas ela não se lembrava de nada quando acordou no dia seguinte. No entanto, a sensação angustiante, como se precisasse tapar um buraco dentro de si, aumentara.

– Bom dia! – disse Beatriz, entrando no quarto de Sofia.

– Bom dia, mãe.

– O que foi, querida? Está com o olhar diferente.

– O aperto no peito voltou. – Ela se ajeitou devagar para se sentar na cama. – Acho que preciso chorar um pouco.

– Por quê? Alguma lembrança ruim?

– Não sei, mãe. Eu só sinto alguma coisa forte, mas não sei o que é.

– Sei... O de sempre.

– É e não é. Hoje estou diferente. Deu saudade de alguma coisa, uma vontade de sair na varanda.

– Não temos varanda na casa, Sofia.

– Temos, sim – Sofia falou com muita certeza.

– Nós já tivemos em outra casa, mas não nesta.

– Vai ver é isso. Eu devo ter me lembrado da outra casa.

– Mas a casa que tinha varanda ficava em Monte Alto, lembra?

– Sim! Monte Alto! Eu me lembro. – Sofia sentiu uma sensação boa ao se lembrar da cidade onde morou por muitos anos, até vir com toda a família para São Paulo prestar vestibular e nunca mais ir embora.

Dr. Evandro havia explicado que era possível que Sofia se lembrasse de fatos mais antigos com maior facilidade. Sua memória retrógrada poderia funcionar melhor.

– Filha, desculpe, mas Cristiano ligou de novo. – Beatriz mudou de assunto. – Não seria melhor conversarem? Pode ajudar você.

– Não, mãe, por favor. Quando ele vem aqui, fico agitada demais. Preciso de um tempo.

– Mas essa agitação deve ser algo que ele desperta em você. Pode ajudar a resgatar sua vida, Sofia. – Beatriz pegou nas mãos da filha. – Não vejo a hora de ver você completamente recuperada.

– Isso pode não acontecer.

– Não pense assim. – Beatriz a abraçou e continuou a falar. – Olha quantas coisas você superou. Você sobreviveu, Sofia! Sei que muito ainda não faz sentido pra você, mas tudo vai se encaixar.

Beatriz não se sentia confortável por não poder comentar detalhes importantes da vida de Sofia, os quais se deram no período próximo ao acidente. A família concordava que, se ela se sentia tão incomodada com a presença de Cristiano, talvez não fosse bom para ela ficar falando sobre a vida que os dois planejavam viver juntos naquela época. Tamara também achava melhor não tocarem nesse assunto.

Fazia cerca de um ano que os dias de Beatriz eram dedicados exclusivamente a Sofia. Apesar de a filha já estar em casa havia dois meses, sua dedicação e preocupação ainda eram constantes. Os sete meses que ela esperou para ver a filha acordada novamente foram como uma prova de paciência, e ela nunca perdeu a fé de que Sofia iria sobreviver. Já Laura, por sua vez, sofria sempre que via a irmã imóvel no hospital, e ficou bastante tempo sem aparecer para visitas. Isso foi motivo de briga entre ela e Beatriz, que não achava certo que Laura desistisse da irmã. Laura dizia que para ela era muito complicado ver a irmã interromper a vida assim, de forma inesperada, e que ela não conseguia olhar para Sofia e aceitar que todos os seus planos nunca mais seriam realizados. Reinaldo entendia melhor o que Laura sentia, porque ele também não tinha a mesma certeza de que tudo aquilo um dia acabaria bem, como Beatriz demonstrava acreditar.

Tamara chegou para uma visita à amiga, querendo contagiar Sofia com seu entusiasmo.

– Sabe que dia é hoje? – ela chegou perguntando, animada.

– Quinta-feira?

– Isso! Mas o que tem nesta quinta-feira?

Sofia esperou a resposta, pois não se lembrava de nada.

– Tem a prova do meu vestido de noiva! Vim buscar você para ir comigo.

– Ah, não acordei muito bem, Tamara. Desculpe, vou nas próximas provas.

– Não! De jeito nenhum! Você é minha madrinha, precisa ir comigo hoje.

Beatriz a incentivou a sair um pouco de casa. Tamara levou Sofia até o quarto para ajudá-la a trocar de roupa.

– É melhor deixar para outro dia – Sofia reclamou.

– Já tínhamos combinado. Agora não tem mais jeito – Tamara falou, enquanto a ajudava a escolher algo para vestir.

Tamara se despediu de Beatriz prometendo que cuidaria bem da filha dela. Seu plano era passar um tempo sozinha com a amiga, para ver se conseguia aos poucos tocar em assuntos que só ela conhecia.

Sofia deixou a casa apreensiva. Ela saía apenas para ir ao médico.

– Estou muito feliz por você ter vindo comigo.
– Só você pra me fazer sair de casa.
– Está com medo, Sofia?
– Eu me sinto insegura.
– Você se lembrou de mais alguma coisa?
– É estranho. Tem coisas que vocês me contam, mas nem parece que estão falando sobre mim, sobre a minha vida. De vez em quando, eu até me lembro, mas mais de sensações do que de cenas, de imagens. Isso me assusta.
– Você tem medo de se lembrar de alguma coisa ruim?
– Não sei explicar, mas parece que sim. Tenho medo de alguma lembrança que nem sei qual é.

Tamara não sabia se falava com a amiga sobre a última conversa delas antes do acidente. Receava desencadear algo com o qual Sofia não soubesse lidar. Por isso, queria antes ter uma conversa com o dr. Evandro. Apesar de médica, a especialização de Tamara em geriatria não lhe dava segurança alguma de que relembrar o que realmente havia acontecido naquela noite, cerca de um ano atrás, faria bem a Sofia.

Na saleta do piso térreo, um manequim que exibia um dos últimos modelos desenhados pela estilista impressionou

Sofia, que pediu para se sentar, respirando com um pouco de dificuldade.

– Esse vestido... Este lugar...

Naquele momento, Tamara se arrependeu de levá-la à prova do seu vestido de noiva, pois talvez não fosse o mais adequado para Sofia.

– Vamos embora – Tamara sugeriu, pois se preocupou com a amiga.

– Não, não vou fazer isso com você, estragar seu dia. Só preciso me sentar um pouco, me acalmar.

– Você ficou muito agitada.

– Fiquei. Cristiano também me deixa assim toda vez que vai em casa. Eu queria logo me lembrar das coisas, sentir tudo isso. Não adianta me falar "esse é o seu noivo". O que sinto por ele não condiz com nosso relacionamento. É muito estranho.

– Calma. Vá devagar. Não precisa ter pressa – Tamara se sentou ao lado da amiga. – Você está viva, Sofia! O resto vai vir aos poucos.

A recepcionista avisou que a estilista as esperava. Sofia disfarçou sua insegurança e acompanhou Tamara, que estava radiante.

– De uma coisa eu me lembro bem – Sofia comentou, enquanto subiam as escadas. – Você jamais gostou de casamentos. Nunca pensei que veria você num vestido de noiva.

Tamara deu uma sonora gargalhada.

– O vestido está a coisa mais linda! Imagine quando estiver no tecido final – a estilista as recebeu com esta notícia.

A costureira abriu a capa do vestido e Tamara logo se despiu, sem entrar no trocador. Vestiu o tomara-que-caia praticamente sozinha, antes que alguma das costureiras pudesse ajudá-la, tamanha era sua ansiedade.

– Cuidado com os alfinetes! – uma delas alertou.

Sofia não se segurou e chorou. Chorou muito. Era mais um *flash* de memória. Ninguém conseguiu entender o que estava acontecendo, pois não parecia um choro emocionado pela amiga, mas, sim, um choro de dor. A costureira foi buscar água com açúcar para ela. Tamara, com o vestido desabotoado, segurou o decote e correu até Sofia, tentando consolá-la.

– Deixa, eu preciso disso. Preciso chorar – Sofia falou aos soluços. – Não consigo fazer isso em casa. Tenho medo de assustar minha mãe. Ela já sofreu muito por minha causa.

4.

Um pouco ansiosa, Beatriz esperava que Sofia chegasse contando as novidades. Quando a porta se abriu, ela se sentiu desanimada ao ver que os olhos da filha estavam vermelhos, tristes. Por meio de um olhar de Tamara, compreendeu que as coisas não tinham corrido conforme ela esperava. Cautelosa, Beatriz ficou de pé esperando que Sofia desse algum sinal de que quisesse conversar. Aborrecida por não ter se segurado na primeira prova do vestido de noiva de Tamara, Sofia permanecia calada. Sair de casa trouxera algumas sensações e emoções que ela não soube explicar nem entender direito. O que Sofia sabia era que tudo aquilo tinha mexido com ela. Tamara se despediu da amiga quando esta avisou que iria para o quarto e contou rapidamente a Beatriz o que acontecera.

– Ela está se recordando de tudo aos poucos. Seria um dos dias mais felizes da vida dela se não tivesse acontecido o acidente – Beatriz lamentou. – Quero falar com a Sofia sobre o dia do casamento, mas tenho medo de lembrá-la dos detalhes do acidente.

Tamara achou melhor concordar, apesar de saber que a história não era bem aquela. Ela nunca trairia a confiança de Sofia contando o que sabia.

Sozinha no quarto, Sofia fechou os olhos enquanto se lembrava de uma sequência de imagens, num dos tantos *flashes* que ficavam cada vez mais frequentes. Uma rua vazia, o barulho do motor e da chuva. Como das outras vezes, a emoção que as imagens desconexas traziam a ela a deixava nervosa, atormentada. Nada fazia muito sentido, mas era como se Sofia começasse a tomar posse de si, de seus sentimentos ainda tão confusos.

Beatriz entrou com cuidado no quarto e se sentou aos pés da cama, onde Sofia estava deitada.

– Estou com vontade de tocar alguma música – Sofia comentou, de olhos fechados, percebendo que a mãe estava lá. Ela queria fazer alguma coisa para tirar aquelas imagens insistentes da cabeça.

– Você não toca nenhum instrumento, filha. Já tocou violino, mas por pouco tempo e já faz muitos anos.

– Isso! Eu toco violino! – Sofia se animou, pois as sensações que vieram finalmente condiziam com a realidade.

Beatriz correu para o quarto, à procura do instrumento. Revirou o armário de roupas de inverno, onde guardava o que raramente usava.

– O que está fazendo? – Reinaldo perguntou quando viu a bagunça em cima da cama.

– Me ajude, preciso encontrar o violino.

– Ainda tem isso?

– Se não me engano, guardei aqui no quarto. Acho que não dei pra ninguém. Para quem eu daria?

– Por que está querendo achar o violino?

– A Sofia quer tocar.

Reinaldo ficou feliz por Sofia se interessar por algo e ajudou Beatriz, procurando no outro armário.

Beatriz encontrou o estojo, um pouco empoeirado por causa da falta de uso, guardado atrás de uns cobertores no maleiro. Ela abriu a caixa antes de levá-la para Sofia, certificando-se de que o violino estava mesmo lá. O objeto continuava inteiro, envolto em um tecido azul-claro.

Os olhos de Sofia brilharam quando a mãe lhe entregou o violino. Beatriz não entendeu, pois sabia que a filha só tocara aquele instrumento por um curto período, e ainda por obrigação. Sofia posicionou o instrumento no ombro esquerdo e apoiou o queixo na base do violino. Estava nervosa, com as mãos tremendo. Beatriz e Reinaldo observavam do corredor para não atrapalhar. As primeiras notas saíram das cordas do violino desafinado. Ela precisou afiná-lo para voltar a tocar. A melodia era conhecida, mas os pais não souberam identificar a música. Os dois se entusiasmaram com a alegria de Sofia. Ela sorria enquanto tocava. O mais surpreendente para Reinaldo e Beatriz era a filha estar tocando muito bem e sem partitura.

Ao ouvir a campainha, ela deixou o violino sobre a cama e desceu as escadas rapidamente.

– É ele!

Cristiano gostou de vê-la sorridente e a abraçou, mas Sofia se esquivou. Ele pretendia ficar sozinho com Sofia para conversar sobre o casamento, retomar de onde tinham parado, meses atrás. Toda a família de Sofia havia pedido a

Cristiano que ainda não trouxesse o assunto à tona para que ela não relacionasse o casamento ao acidente, mas Cristiano achava que já havia esperado muito. O fato de não ter tido uma única oportunidade de levar Sofia para longe da casa de Beatriz e Reinaldo o irritava, assim como quando diziam que ele era seu noivo. "Marido" seria o termo certo, ele dizia.

Cristiano tentou mais uma vez convencer Sofia a sair para que pudessem conversar, mas ela preferiu ficar em casa, onde se sentia segura.

– Vamos jogar tênis na próxima semana?

Os dois sempre jogavam tênis no clube, mas Sofia ainda não tinha voltado a fazer atividades físicas tão intensas.

– Ainda não estou pronta para voltar a jogar, Cristiano.

– Mas sua mãe comentou que o médico já liberou as atividades físicas.

– Sim, liberou, mas não me sinto pronta para jogar. Desculpe, mas vou para o quarto descansar um pouco.

5.

Laura chegou em casa à noite e procurou a irmã para conversar. Beatriz já lhe contara que a tarde havia sido tumultuada. Laura entrou no quarto de Sofia devagar e se sentou na beirada da cama, perto da cabeceira. Apesar de mais nova, agia como se fosse a irmã mais experiente, sempre aconselhando Sofia.

– Acordei você?

Sofia ficou quieta, só olhando para a irmã. Seu olhar vazio impressionava Laura, que não sabia como ajudá-la nem como lidar com aquela situação que mobilizava toda a família.

– A mamãe me disse que você ficou muito agitada de novo com a visita do Cristiano.

– Eu toquei violino – Sofia interrompeu o assunto.

– Jura? Isso ninguém me conta. Que boa notícia, Sofia!

– Aquela música estava presa em mim. Só quando toquei hoje consegui me lembrar dela toda. Foi aparecendo, sabe? Aos poucos eu fui me lembrando.

– Mas você tocou direitinho? Eu lembro que você não gostava muito de tocar violino.

– Toquei, sim. Eu não gostava de tocar na frente de ninguém, por isso você acabava não ouvindo.

– Você tinha uns doze, treze anos quando começou a aprender a tocar, não tinha?

– Mais ou menos isso. Eu me lembro das tardes que passava sozinha lá na casa de Monte Alto, tocando violino.

Uma recordação mais antiga tomou Sofia. Conforme o médico havia explicado para a família, perder por um tempo a memória de fixação e ter lapsos de memória era normal no caso de Sofia, que ficara em coma por meses. Isso não afetaria suas memórias mais antigas, mas, sim, as mais próximas da data do acidente.

Depois do plantão, Tamara passou na casa de Sofia para visitá-la. Assim que viu a amiga, Sofia contou sobre o violino, deixando Laura e Tamara curiosas para ouvi-la tocar. O instrumento estava na poltrona do quarto. Sofia tirou-o do estojo com pressa, pois também queria ouvir mais uma vez aquela música que a fazia se sentir viva. Elas reconheceram logo a canção "Sometimes I feel like screaming", do Deep Purple, e se impressionaram com o arranjo de Sofia. Ela repetiu a música algumas vezes, parecendo não querer mais parar de tocar. As duas aplaudiam toda vez que ela voltava para o refrão.

Quando Sofia terminou o solo, estava em êxtase.

– Você tocou muito bem! – Laura e Tamara falaram quase ao mesmo tempo.

Enquanto Sofia guardava o instrumento, Tamara sussurrou para Laura que Galego havia comentado que essa música seria tocada no casamento. Ela estranhou Sofia ter ficado tão feliz com a música.

– Talvez ela esteja se lembrando dos detalhes, finalmente! – Laura comemorou. – Por falar nisso, quando o Galego volta? – Laura perguntou, ainda falando baixo. – Daqui a pouco é o dia do seu casamento e onde está o seu noivo?

– Ele volta na próxima semana.

– E a turnê, como foi?

– Um sucesso. Faltam só alguns shows no Sul e ele volta pra casa.

A Data Venia, banda da qual Galego era o vocalista, já estava viajando para fazer shows nas principais capitais do país desde que Sofia voltara do coma. O show mais esperado pelos músicos era o último da turnê, no Festival Planeta Atlântida, no Rio Grande do Sul. Tamara apoiava Galego e não se incomodava com o assédio que ele sofria. "Mesmo que ele não fosse músico, seria assim. Ele é alto, lindo, chama atenção por onde passa. Normal", Tamara respondia quando as amigas perguntavam se ela sentia ciúmes dele.

– Vamos dar uma volta? – Tamara falou mais alto, para que Sofia a ouvisse.

– Está tarde, não vou. – Laura queria dormir cedo.

– Mas a lua está tão linda lá fora. – Tamara abriu a cortina do quarto para que ambas vissem a lua cheia.

Elas notaram que Sofia apertava os olhos e respirava rapidamente. Ela se sentou na cama, levando a mão ao peito.

– O que foi, Sofia? Está sentindo alguma coisa?

– De novo aquele aperto.

A presença de Tamara na casa de Sofia era constante. Sem familiares em São Paulo, Tamara adotara a família de Sofia como sua. Beatriz sempre a tratara como uma filha, desde que as meninas se conheceram por intermédio de uma amiga em comum, que havia estudado com Tamara em Santa Catarina e fazia faculdade de Direito com Sofia. Reinaldo e Beatriz sempre a convidavam para dormir na casa deles, mas ela raramente aceitava, pois achava que poderia incomodá-los. Nessa noite, ela mesma fez questão de ficar, pois achou que poderia ser necessária.

Demorou um pouco para Sofia começar a respirar melhor, mas ela se acalmou e finalmente dormiu. Laura e Tamara perderam o sono e foram para a sala assistir à televisão. Reinaldo e Beatriz também estavam acordados por causa de Sofia e se juntaram a elas na sala.

– Tamara, eu ainda não assisti à gravação do show da banda do Galego. Traga um dia para vermos como ficou – Reinaldo pediu.

– Eu tenho aqui, pai.

– Isso, Laura! Estou com saudade do meu amor. Quero vê-lo! – Tamara se animou.

– Puxa, eles são bons mesmo! – Reinaldo elogiou. – Olha lá o Murilo na bateria, Bia. Quem diria que iríamos rever o nosso pequeno vizinho lá de Monte Alto. Nossa, o tempo passa muito rápido.

6.

De manhãzinha, Sofia tinha uma consulta médica no hospital e foi acompanhada por Beatriz e Tamara. A maior dúvida delas era sobre o tempo previsto para que Sofia se recuperasse completamente. Dr. Evandro explicou que, quanto maior o tempo de coma, maior o tempo para se recuperar o nível de consciência.

– Sofia ficou sete meses em coma e passou um mês tentando acordar e se recuperar. Foi um longo período – o médico lembrou. – Apesar disso, ela está muito bem.

– Ela ainda não se lembra de nada do dia do acidente – Beatriz comentou. – Nem do casamento que iria acontecer – ela falou mais baixo. Sofia já estava na sala de exames e Beatriz ainda conversava com o médico na sala de consulta.

– É assim mesmo. Ela perdeu a memória de fixação, como já expliquei anteriormente. Sua memória é retrógrada. Ela se lembra dos fatos bem mais antigos com maior facilidade. Não existem muitas regras. O normal é o paciente se esquecer do que aconteceu no dia do acidente.

– Doutor, ela corre o risco de nunca se lembrar de tudo? – Beatriz perguntou, preocupada com o relacionamento de Sofia e Cristiano, que passava por dificuldades. Beatriz imaginava que, se a filha se lembrasse que iria se casar naquele dia, tudo ficaria melhor.

— Dona Beatriz, o tempo de recuperação é indeterminado. Preciso dizer que nem sempre a recuperação total acontece. O melhor é a senhora não pensar desse modo, mas, sim, comemorar cada vitória de sua filha, que sobreviveu a um acidente muito grave.

O que Tamara queria conversar com o dr. Evandro era importante, mas precisava ser num momento em que nem Sofia nem Beatriz estivessem por perto. Após ser examinada, Sofia conversou um pouco com o médico, assim como Beatriz, que tirou mais algumas dúvidas que a afligiam. Como Tamara trabalhava no mesmo hospital onde fora feita a consulta, pôde voltar à sala do dr. Evandro quando Sofia e Beatriz já tinham ido embora. Outra paciente o aguardava, mas Tamara prometeu ser breve.

— Algumas coisas estavam acontecendo dias antes do acidente, mas ninguém que esteja acompanhando o tratamento sabe. Só eu. Minha dúvida é se posso relembrar Sofia desses fatos, para ver se ela se recupera logo.

— Você percebeu se ela se lembrou de alguma coisa referente a esses fatos? — o médico perguntou.

— Sim. Ela se sentiu mal com algumas lembranças, mas ainda não juntou as peças, não se lembrou de tudo. Parece que só reconheceu as emoções que as lembranças trouxeram.

— Bem, relembrar fatos ao paciente pode ajudá-lo. Sustos e emoções fazem parte da recuperação.

Tamara sentiu-se satisfeita com a curta resposta do médico, mas não era o que esperava ouvir. Ela não sabia como abordar um assunto tão delicado com Sofia, que andava bastante agitada, com um comportamento inconstante.

As lembranças voltavam aos poucos e, a qualquer momento, poderiam desencadear reações imprevisíveis e despertar sentimentos indesejáveis.

Depois de sonhar mais uma vez com uma luz vermelha que, de repente, sumia diante de seus olhos enquanto tudo girava, Sofia acordou assustada. Balançou a cabeça, tentando tirar aquela imagem do pensamento, e desceu para a sala. Deitou-se no sofá e sentiu medo de cair no sono. Preferiu ficar sentada e ligar a televisão, que mostrava uma cena do show da banda de Galego em pausa.

O aperto no peito voltou. Suas mãos ficaram geladas e o coração disparou. Sofia sentiu um misto de medo e euforia. Ela se ajoelhou diante da TV, apertando os botões do controle remoto com ansiedade. A sala escura se iluminava vez ou outra com as imagens que piscavam na tela.

Ainda de joelhos, Sofia parecia hipnotizada pelo que via e ouvia. Galego entrou no palco após uma introdução instrumental, sob aplausos da plateia. Sua linda voz soou, assustando Sofia. Ela se afastou um pouco, sem deixar de olhar fixamente para a tela. Galego percorreu o palco, cumprimentando o público. Os olhos de Sofia estavam úmidos. Ela parecia saber que aquelas imagens a ajudariam a decifrar o que faltava para sua recuperação.

Ao apresentar a banda, Galego brincou com o guitarrista e depois se aproximou do baterista, com quem demonstrou ter bastante intimidade. Sofia, num impulso, levou a mão ao peito. O aperto que sempre sentia se tornou mais forte. O giro das baquetas a fez derramar lágrimas e ao mesmo tempo sorrir. Era um choro que, primeiro, parecia vir por causa da ansiedade. Depois, pela profunda alegria e saudade do que sentiu. Foi incontrolável.

De olhos fechados, ela sentiu toda a emoção que as imagens proporcionavam. As recordações foram surpreendentes.

Parte 2

1.

11 meses antes

Sofia tinha bebido mais do que estava acostumada.

Além disso, sentia-se um pouco tonta e enjoada com o balanço do navio. Mas não foi só isso que a fez hesitar com o convite para dançar. Achou que ele estava ainda mais charmoso. Ela gostava do seu jeito de andar, de falar, de sorrir. Os cabelos cacheados lhe conferiam um ar moleque, displicente, despreocupado.

Ele também se encontrava um pouco zonzo, e os olhos estreitos estavam ainda menores. Sofia respirou fundo e caminhou até ele, sem muito equilíbrio. Murilo a esperava na pista, com o braço estendido em sua direção, chamando-a. Sofia apoiou os braços nos ombros de Murilo, que a puxou para mais perto de si. Da mesa onde estavam reunidos, os músicos gritaram, principalmente Galego, incentivando o casal. Laura só observava os dois.

Tamara estava fascinada com a beleza de Galego e não prestou tanta atenção no que Sofia fazia. Ele era o mais alto da banda e a pele negra contrastava com o apelido de infância. As crianças da rua onde ele morava o chamavam de Galego por brincadeira, ironicamente, mas era assim que todos o chamavam até hoje, e acabou virando seu nome artístico.

– Você ficou bem assim – Murilo elogiou Sofia com uma voz sonolenta.

– Assim como? Bêbada? – Sofia brincou.

– Não... – Ele sorriu. – Assim, do jeito que está.

Sentindo-se confortável em seus braços, Sofia encostou de leve a cabeça na dele.

– Ainda bem que a Sofia está mais solta nessa viagem – Tamara comentou, brindando com Laura.

– Sofia tem a obrigação de se divertir na própria despedida de solteira – Laura falou, fazendo com que Galego voltasse a observar Murilo e se preocupar com a empolgação do amigo.

Sofia não parecia querer sair dos braços dele.

O rapaz mexia em seus cabelos negros sem que ela se incomodasse. Laura viu que os dois se aproximavam cada vez mais e tentou se levantar para aconselhar a irmã a voltar para a mesa. Tamara a impediu.

– Deixa, ela está se divertindo. Viemos aqui para isso.

Murilo acariciou o rosto de Sofia. Com os olhos semicerrados, observou-a e beijou-lhe os lábios. Ela se arrepiou enquanto ele a aproximava mais de seu corpo.

Laura viu quando os dois se beijaram e gritou o nome da irmã. Galego, preocupado com o amigo, juntou-se a Laura, que já se levantara da mesa. "Ele pode se arrepender", Galego falou sozinho. Sofia ficou paralisada um tempo e, sem dizer nada a Murilo, simplesmente o deixou sozinho na pista, caminhando em direção à saída.

O rapaz foi atrás dela. Quando passou por Galego, o amigo lhe pediu que não saísse do bar. Tamara ficou com eles, mas Laura seguiu a irmã, que andava bem devagar em direção ao deque do navio.

Laura encontrou Sofia sentada numa cadeira de piscina, com as mãos na cabeça. Sentou-se ao lado dela e não precisou dizer nada.

– O que eu fiz?

– Por isso gritei – Laura explicou.

Sofia se deitou no colo da irmã. Laura ficou curiosa, porque ela ia dizer algo, mas hesitou.

– Você não está bem e não é de hoje. – Laura já tinha reparado que Sofia estava muito ansiosa com o casamento, mais do que o normal.

– Tem muita coisa acontecendo.

– É alguma coisa com o Cristiano?

– Não é nada.

– Eu conheço você, Sofia. Não quer falar mesmo?

Sofia se sentou novamente e abraçou a irmã. Laura imaginou que ela estivesse daquele jeito por causa da tequila, e não se preocupou tanto.

2.

Com a cabeça pesada, reflexo da noite anterior, Sofia acordou sozinha na cabine. O gosto na boca era muito ruim. Ela havia se excedido na bebida, mas não o suficiente para se esquecer das cenas do bar. Pensou na coincidência de ter reencontrado Murilo. Era um sonho de menina estar abraçada a ele daquele jeito. Na cidadezinha do interior onde moravam, a turma de Sofia e de Laura era a mesma de Murilo. Eram vizinhos e estudavam na mesma escola. Sofia era muito fechada e teve poucas paixões durante a adolescência. A maior delas foi Murilo.

Tamara chegou e pediu para Sofia sair da cabine.

– Sofia, vamos! Tome logo um banho. Não quero perder a chance de conhecer melhor o Galego.

– Você é muito previsível. Quando Galego apareceu, vi na hora que você ia se interessar por ele.

– Ele é meu tipo mesmo. Alto, forte... E aquela pele chocolate... Meu sabor predileto. – As duas riram. – Você ficou balançada pelo Murilo? – Tamara sempre fazia as perguntas mais diretas.

– Por que eu ficaria? – Sofia perguntou, despindo-se para tomar banho.

– Você ainda estava bem sóbria quando eles chegaram ao bar. Eu vi sua reação.

– Murilo é nosso amigo de infância, lá de Monte Alto. Eu e a Laura conhecemos bem toda a família dele. Estudamos juntos até irmos para São Paulo.

– Então você não era mais criança! Tem jeito mesmo de ser paixão mal resolvida.

Quando Tamara se voltou para Sofia, notou que ela estava de cabeça baixa, com a mão tapando os olhos. Com tantos anos de amizade, Tamara já sabia que Sofia estava com problemas. Apesar de sempre perguntar o que estava acontecendo, Sofia evitou se abrir com ela, até aquele momento.

– Acho que quero desistir de tudo.

Já fazia algum tempo que Sofia estava sofrendo com a dúvida do casamento. Quanto mais o tempo passava, mais desanimada ela se sentia. Com as frequentes viagens de Cristiano a trabalho, as coisas pioraram. Ela foi se afastando ainda mais e se sentindo sozinha no meio de tantas coisas relacionadas ao casamento.

– Está muito difícil, Tamara. Tudo pronto, apartamento sendo reformado, os convites sendo entregues...

– Calma, Sofia. – Tamara a abraçou. – Não se preocupe com detalhes que são mais fáceis de serem resolvidos. Pense só em como quer levar a vida. Eu apoio sua decisão, seja lá qual for. Não porque eu sinto antipatia pelo Cristiano, mas porque me importo com você.

– Desculpe não ter falado nada antes, mas achei que aqui nesta viagem eu fosse me acostumar mais com a ideia do casamento.

– Olha o que você acabou de falar. Não deveria precisar se acostumar com a ideia de casamento. Não deveria ser assim, como uma coisa ruim com que você tivesse que aprender a conviver. É uma decisão muito séria.

– Apostei tudo neste cruzeiro. Imaginei que aqui, longe do Cristiano e perto de você e da Laura, eu conseguiria entender melhor o que estou sentindo. Acho que tudo piorou. Ainda por cima beijei outro homem.

– Não se cobre por isso porque nem sóbria você estava. Mas que eu vi como você ficou quando o Murilo apareceu, isso eu vi.

– Deu pra perceber? Ele sempre me deixou nesse estado, mas fazia tantos anos que não nos víamos. Uns quinze anos, acho.

– Mas não leve esse assunto tão a sério. É normal isso acontecer quando reencontramos algumas pessoas. Vamos focar no seu casamento. Estou aqui para te ajudar com o que você precisar, Sofia.

Sofia agradeceu os conselhos e pediu a Tamara que não comentasse nada com Laura. A amiga não poderia resolver o problema por ela, nem contar sua decisão para Cristiano ou para sua família e amigos, mas saber que Tamara a apoiava já dava um pouco de coragem para que Sofia pudesse encarar o que vinha pela frente.

Quando chegaram ao deque, apenas Laura e Murilo conversavam. Tamara reclamou, pois Galego já tinha ido embora. Sofia sentiu um calafrio quando viu Murilo. Era uma sensação já conhecida, esquecida havia alguns anos. Ela achou que talvez fosse algum tipo de condicionamento de seu corpo. Sempre foi acostumada a sentir aquele frio na barriga ao vê-lo.

Eles se conheciam desde pequenos, e Sofia, quando mais nova, só reparava em Murilo, em mais ninguém. Onde ele estivesse, Sofia dava um jeito de ir atrás para observá-lo. E, quando ela precisava disfarçar o interesse por ele, arrumava alguma confusão para que brigassem. Quando cresceram, Sofia o via como alguém muito distante de sua realidade. As brincadeiras de mau gosto que Murilo fazia com ela lhe davam essa certeza e a entristeciam. Mesmo assim, foi apaixonada por ele até se mudar com a família para São Paulo, aos dezessete anos. Mesmo não tendo visto mais Murilo, de vez em quando ainda pensava nele, imaginando o que estaria fazendo na cidadezinha do interior de São Paulo.

Quando viu Sofia chegar, Murilo ajeitou-se na cadeira. Ele esperava encontrá-la para conversarem. Tamara, querendo deixá-los mais à vontade, perguntou detalhes da vida em Monte Alto. Laura lembrou-se do nome de todos da família de Murilo. Ela e Sofia ficaram felizes quando souberam que a avó dele, apesar da idade avançada, estava bem.

Galego voltou ao deque com Diego, empresário da banda, para pedir a Murilo que não se demorasse muito, pois o *pocket show* na suíte do comandante começaria dentro de meia hora.

Antes de subir para se aprontar, Murilo se aproximou de Sofia e pediu que conversassem um instante. Ela o seguiu, deixando Laura, Tamara e Galego falando sobre o repertório do show. Diego foi acertar os últimos detalhes na suíte.

– Em primeiro lugar, queria me desculpar com você, Lua.
– Murilo a havia chamado pelo apelido de infância, o qual tinha um sentido pejorativo. – Não estou acostumado a chamar você por seu nome, me desculpe.

– Tudo bem, pode me chamar assim se quiser. Não sou mais criança e não me importo com esse apelido – Sofia mentiu, sentindo-se novamente com treze anos de idade, sendo ridicularizada pelos colegas de classe por causa do peso fora dos padrões das outras meninas daquela idade e do tom de pele muito, muito claro. Até se mudar para São Paulo, ela ainda não havia alcançado o peso atual. A faculdade a fez dormir e comer mal, trazendo alguns problemas de saúde. Sofia precisou se cuidar melhor, fazer exercícios físicos e balancear a alimentação. Mesmo tendo bebido muita tequila, ela se lembrou do elogio que Murilo fizera na noite anterior, enquanto dançavam, e percebeu que todo sacrifício tinha valido a pena. Certamente ele havia mudado de ideia e não a via mais como antes: muito branca e "redonda".

– Bem – Murilo continuou –, eu não sabia que você ia se casar.

– Não se preocupe, Murilo.

– Mas eu beijei você! Eu não podia ter feito isso. Você vai se casar – ele fez uma breve pausa –, e eu já sou casado.

Sofia surpreendeu-se ao perceber que o constrangimento de Murilo era ainda maior do que ela imaginava. Além de ter beijado a noiva de outro homem, ele não pensou na própria esposa. Para que as coisas não ficassem estranhas entre eles, Sofia tentou mudar de assunto dizendo não ter se chateado, dando um abraço no amigo. Murilo se sentiu tão aliviado que mostrou estar mais preocupado com o que Sofia havia pensado dele do que verdadeiramente arrependido.

3.

Na última tarde no cruzeiro, a banda de Murilo e Galego tocou na suíte do comandante para poucos passageiros convidados. Murilo notou a ausência de Sofia durante o show e imaginou que ele a deixara constrangida depois do que havia acontecido entre eles.

– Que bom que vocês vieram – Galego falou ao cumprimentar Laura e Tamara.

Diego fez sinal para os músicos. O show ia começar. Estava tudo pronto para mais uma apresentação da banda, cujos planos tinham sido traçados para alcançar o sucesso. Seis meses antes, a Data Venia havia sido descoberta num bar pelo diretor artístico da gravadora Rock U, Denis Garcia. Foi um longo caminho até assinarem o contrato. Por anos se apresentaram em bares, enviaram demos para gravadoras, inclusive para a Rock U, mas nada acontecera até que tiveram a sorte de serem vistos ao vivo por Denis.

Depois do *pocket show* daquela noite, dariam um passo importante na carreira. Um lual na praia de Búzios estava sendo organizado pela gravadora. Nessa festa exclusiva, a banda seria apresentada para radialistas e produtores de programas de TV. O próximo passo era a gravação do DVD de um show ao vivo.

Os passageiros do navio estavam aproveitando o show na suíte. Garçons passavam servindo os convidados, e Diego observava tudo, atento aos detalhes. Tudo precisava ser impecável dali em diante. As músicas tocadas no show foram muito bem escolhidas, assim como as do lual, seguindo a estratégia traçada pela gravadora.

– Valeu! – Galego agradeceu ao público que os aplaudia no final do *pocket show*.

Os músicos se cumprimentavam, como sempre faziam após as apresentações, quando Tamara e Laura se aproximaram para falar com eles.

– Nossa, que show incrível! – Tamara chegou dando um abraço em Galego.

Duas convidadas se aproximaram de Murilo e Galego, interrompendo a conversa que Tamara queria iniciar. Uma delas abraçou Murilo e os convidou para um jantar. Os rapazes já estavam habituados ao assédio nos shows. As pessoas normalmente eram bem diretas ao abordarem os músicos.

– Obrigado, mas temos outro show para fazer daqui a pouco – Murilo falou a verdade.

– Vamos assistir, então.

– Desculpe, meninas, mas esse vai ser para outros convidados. É um show fechado – Diego explicou.

Sofia entrou na suíte e viu a irmã e Tamara conversando com Galego. Murilo ainda conversava com aquela passageira. Ela insistia em jantar com ele. Sofia pensou que tudo continuava igual para Murilo, que sempre atraiu várias meninas do colégio onde estudavam.

Murilo a viu chegar e se despediu da convidada com pressa. Então observou Sofia enquanto caminhava até ela e notou que apenas seus olhos expressivos, bem marcados pelos cílios espessos, e as sardas, outra razão das brincadeiras das quais Sofia não gostava, faziam lembrar aquela menina de Monte Alto. O corpo bem definido não condizia mais com aquele apelido que ele e os outros meninos haviam dado a ela muitos anos atrás.

– Você vai com a gente pro lual? – ele perguntou quando viu Sofia vestida de branco.

Ela apenas balançou a cabeça, confirmando.

Às nove da noite, um bote enviado pela gravadora Rock U já aguardava os músicos da banda e suas convidadas, que usavam pulseiras de identificação para retornar ao navio depois do lual.

– Os produtores mais importantes que convidamos estão aí – O *label* da gravadora, que é o gerente de produto, a pessoa responsável pelas ações e estratégias de marketing da banda, recepcionou-os na praia.

A festa fechada tinha sido planejada e preparada pelo pessoal da gravadora com profissionalismo. A decoração e a iluminação, muito bem pensadas, estavam de acordo com o tema "lual". Alguns pufes coloridos marcavam a área do palco e, logo atrás, viam-se enfileiradas as cadeiras dos convidados. Acima dos bancos destinados aos músicos, tendas de tecido colorido cobriam o espaço. Atrás do palco, as esteiras estendidas tinham sobre elas almofadões coloridos para quem quisesse ouvir o show enquanto admirasse o mar.

Na lateral do palco fora montado um bar num quiosque para atender os convidados.

Os músicos cumprimentaram algumas pessoas e se acomodaram nos banquinhos de madeira dispostos na areia, no espaço delimitado para a banda. A bateria simplificada de Murilo, com alguns instrumentos de percussão, estava à direita. Galego ao centro, sentado, e Bruno e o baixista à esquerda, no violão. Diego estava bem perto dos músicos, conversando com Denis, diretor artístico da gravadora. Sofia, Tamara e Laura se sentaram perto da área delimitada para o palco na areia.

O show acústico começou com músicas autorais da Data Venia, intercalando duas regravações de pop rock que entusiasmaram os setenta convidados. Na última música, Murilo finalizou com um malabarismo com as baquetas, o que fez Sofia sorrir quando as lembranças das tardes em Monte Alto surgiram.

O período da tarde era sempre cheio de atividades em Monte Alto. Depois da aula no colégio todos iam para a rua brincar, conversar, namorar. Sofia era uma das únicas meninas que preferiam ficar dentro de casa, especialmente quando estava chateada com algo. De frente para o espelho, mais uma vez sua imagem não a satisfazia. Apesar de não querer demonstrar que se magoava com os comentários, sozinha ela podia desabafar.

Ela queria ser como Laura. Os garotos queriam ser amigos, ou mais do que isso, de sua irmã. Com ela, nem as amizades estavam dando certo.

– Filha, enfiada em casa de novo? – Beatriz notou que Sofia estava chateada.

– Eu quero estudar.

– Mas o boletim acabou de chegar. Já tem provas de novo?

– Tenho – Sofia respondeu já de costas para a mãe, subindo as escadas.

Sua vontade era de se jogar na cama, mas ali havia muitas roupas dobradas, que Beatriz deixara para guardar mais tarde. Sentada na cama, Sofia sentiu necessidade de desabafar, de gritar. Com a irmã ela podia conversar, mas elas sempre acabavam brigando porque Laura a culpava por ter perdido o controle do seu peso. "Você não tem o que fazer e come demais. Vai tocar seu violino!"

Beatriz sempre quis que uma das filhas tocasse violino, como ela. Laura tentou, mas não conseguiu. Achou muito difícil aprender. Sofia nunca se interessou até ouvir a mãe tocando para ela. A menina se emocionou e deu uma chance ao instrumento e ao sonho da mãe. Apesar de Sofia ter mostrado muito mais facilidade do que Laura nas aulas, ela se sentiu tola tocando as músicas para iniciantes. O professor avisou que ela logo aprenderia outras músicas, mas Sofia não quis esperar. Beatriz nunca conseguiu ouvir a filha tocar o instrumento. Quando soube que ela já havia desistido das aulas, pediu que tocasse um trechinho de alguma coisa que aprendera. Sofia prometeu tocar quando a casa estivesse mais vazia.

Toda vez que ficava sozinha, ela praticava para não fazer feio para a mãe. Tentou treinar um pouco de cada música do escasso repertório. Nenhuma lhe agradava. Insistiu na "Nona Sinfonia", que seria a próxima música a ser estudada em aula, mas que Sofia ainda não tinha praticado com o professor. Notou que o instrumento precisava ser afinado e assim o fez, com certa facilidade. Usou a espaleira para apoiar melhor o violino no ombro e no queixo e retesou o arco para usá-lo.

Sofia passou a tarde inteira tocando. Ela já havia treinado o suficiente para arriscar acelerar o compasso, pois achou o tempo da partitura muito lento. Tocou mais uma vez, pouca coisa mais devagar. Subitamente, sentiu-se bem segurando o violino da forma correta e percebeu que estava se saindo muito bem ao lidar com o instrumento e seus acessórios. Sua boa postura contribuiu para a agilidade na execução da música.

Levou certo tempo para que ela entendesse que não estava sozinha, acompanhada por outro instrumento bem menos delicado, mas que deu ritmo e vida à "Nona Sinfonia". Já imaginando o que estava acontecendo, continuou tocando com euforia. Seus olhos estavam arregalados, atentos à partitura. Sofia não queria errar nenhuma nota. Acelerou um pouco para que o outro instrumento a seguisse com mais facilidade e aparecesse um pouco mais. A parceria entre violino e bateria foi inusitada e empolgante. Juntos, finalizaram a música o mais alto que puderam. Encerraram ao mesmo tempo, como se tivessem ensaiado. Sofia abriu completamente a porta da varanda do quarto, a qual estava entreaberta. Murilo, na casa ao lado, atrás da bateria que ficava no quarto dele, sempre com as portas da varanda abertas, acenou com a baqueta na mão, admirado ao ver que a violinista era ela. Pensou estar tocando com Laura.

Ela e Murilo sempre tocavam juntos num horário em que Sofia estava sozinha em casa. A garota queria continuar evitando que a família a ouvisse tocar. Se ele começava a tocar quando Beatriz ou Laura estavam em casa, Sofia não o acompanhava com o violino.

Ela se entregava à música e admirava Murilo de longe. Parecia que era um mundo exclusivo de ambos, onde ninguém mais podia entrar. Apesar da dificuldade que tinham para conversar e conviver, Murilo e Sofia, por causa da música, ficaram mais próximos. Quando tocavam juntos, não precisavam discutir ou se chatear um com o outro. Sem dizer uma palavra, o contato dos dois era por meio do entrosamento de seus instrumentos. O ritual de tocarem assim, cada um em seu quarto, com as portas das varandas abertas, tornou-se rotina.

Vez ou outra, Murilo recebia algum amigo do colégio para tocar guitarra ou teclado com ele, e Sofia não participava. Ela preferia assim. Um dos motivos era a falta de contato com os garotos do colégio. Ela se intimidava com a presença de alguns deles e vice-versa. Muitos não gostavam da companhia da garota, por ela se irritar facilmente e não aceitar brincadeiras. Beatriz sempre tentou convencê-la de que havia um lado suave escondido sob sua concha de proteção, que a tornava mais bruta do que realmente era. Sofia nunca se convenceu, principalmente por sempre ser comparada à irmã. Eram muito diferentes e, principalmente entre os amigos, Laura era muito mais querida.

Num domingo de manhã, Sofia acordou com a música que vinha da casa de Murilo. Achou estranha a emoção que o som despertara nela. Muito entrosados, Murilo na bateria e o amigo na guitarra, atraíram Sofia até a varanda para apreciar aquele ensaio. De pijama xadrez amarelo e branco, com os cabelos ainda despenteados, Sofia instintivamente abriu o estojo do violino. Não afinou o instrumento e nem usou a espaleira para não perder tempo. Apoiou da melhor forma o violino no ombro, ajeitou a postura e, "de ouvido", improvisou um solo, acompanhando os garotos. Já fora do quarto, na varanda, ela foi vista por Murilo, que pediu ao amigo que tocasse um pouco mais baixo, assim como ele também tocou de uma forma mais suave, a fim de conseguir ouvir o som do violino. Os três tocaram juntos, repetindo o refrão algumas vezes para que a música não acabasse tão rapidamente. "Sometimes I feel like screaming", do Deep Purple, ficou mais suave com os arranjos de Sofia. Murilo e o amigo gostaram de ouvir o violino misturado ao som de seus instrumentos, dando àquela música tão conhecida uma roupagem inédita.

Foi inevitável o constrangimento de Sofia ao sair do transe, vendo-se de pijama na varanda, observada pelos meninos. Antes que entrasse correndo no quarto e fechasse a porta, Murilo acenou para ela e fez um malabarismo com as baquetas, divertindo a amiga.

– Lua – Murilo a chamou após guardar os instrumentos.
– O show foi ótimo! – Ela caminhou até ele.
– Que bom que gostou. Quer alguma coisa do bar?
– Melhor não – ela riu.
– Tem coquetel sem álcool – ele brincou.
– Pode ser.

Sofia ficou sozinha, sentada numa esteira, observando o mar enquanto esperava por Murilo. Laura, Tamara e Galego conversavam perto do palco.

– A noite está linda.

Ela olhou para o lado e viu que não era Murilo quem estava falando com ela.

– Você quer dar uma volta comigo? – Era um homem desconhecido puxando conversa com Sofia.

– Estou esperando um amigo, obrigada – ela disse, apontando para Murilo, que voltava do bar.

Murilo entregou a ela o coquetel e cumprimentou o homem que conversava com Sofia.

– Mas, se ele é só seu amigo, podemos nos encontrar mais tarde? – ele insistiu.

Sofia, que dava o primeiro gole na bebida, não soube o que responder. Murilo pegou em sua mão e a levou dali.

– Obrigada – ela disse enquanto caminhavam.

– Esses caras são muito folgados – ele comentou. – O melhor é sair de perto, como fizemos.

– O show foi muito bom mesmo. A conversa com os produtores foi boa? – Sofia se interessou.

– Sim, muito boa. O problema é que tudo demorou muito para acontecer para a banda e sempre ficamos desconfiados, duvidando se as coisas vão andar mesmo.

Eles caminharam até o grupo que estava numa roda de violão. Pensaram que encontrariam Laura, Tamara e Galego, mas eles não estavam lá.

– Vamos ver se estão no bar – Sofia sugeriu.

– Acabei de voltar de lá e não vi ninguém.

Continuaram caminhando até que viram Galego e Tamara juntos, sentados à beira-mar. Quando perceberam que estavam se beijando, viraram de costas e caminharam na direção oposta.

– Eles têm tudo a ver – Sofia comentou.

– Também acho.

– A minha irmã também deve ter encontrado alguém. Acho que vou voltar para o navio, estou cansada.

– Não, faça companhia pra mim – Murilo pediu. – Além disso, acho que agora o bote só volta para o navio com todos a bordo. Você vai ter que esperar.

– É que não conheço quase ninguém aqui.

– Conhece, sim. Está vendo aquele casal ali? – Ele apontou em direção à roda de violão. – É o Bruno e alguém que ele conheceu no lual.

– Mas eles já estavam lá quando fomos procurar alguém conhecido. Eu não o reconheci, mas você não viu que era o Bruno?

– Não sei. Ele já estava lá mesmo? Acho que não.

Sofia tinha certeza de ter visto aquele casal na roda de violão quando estavam procurando os amigos e estranhou Murilo não ter dito nada. Ela concluiu que ele queria ficar a sós com ela.

– Acho que vou voltar pro navio – ela falou de novo.

– Vamos dançar. Estou precisando. – Murilo a levou para a pista montada na areia. Sofia não teve como recusar.

Não conversaram mais enquanto dançavam.

– Já estou um pouco cansada – Sofia comentou, querendo evitar Murilo e sair da pista.

Eles encontraram Laura sozinha e se sentaram à beira-mar, perto de Galego e Tamara, que estavam abraçados.

– Vamos dar um mergulho? – Galego convidou.

– Vamos! – apenas Tamara concordou.

– A água deve estar fria – Laura justificou não querer sair de onde estava.

Eles correram para o mar e mergulharam de roupa e tudo. De longe, quem ficou na areia ouvia as risadas de Tamara.

– E seus pais, Murilo? Se acostumaram com São Paulo? – Laura perguntou.

– Minha mãe sempre adorou São Paulo. Meu pai é quem parece mais sentir falta de Monte Alto.

– Em casa é o contrário – Sofia falou. – Nossa mãe é quem sente falta de lá.

– A gente se divertia muito – Laura lembrou. – É tão diferente do que vemos hoje. Minhas amigas prendem os filhos nos apartamentos.

– Minhas filhas também não têm a mesma liberdade que tínhamos, mas tento não passar muito tempo dentro de casa com elas – Murilo contou.

– Você já tem filhas? – Laura ficou admirada. – Como elas se chamam?

– Nina e Eduarda, a Duda é a caçula. A Nina tem sete anos e a Duda tem cinco.

– Você tem foto delas?

– Tenho. – Ele tirou o celular do bolso da calça e mostrou algumas fotos das meninas.

– Elas são lindas! Daqui a pouco quem vai me dar sobrinhos é a Sofia. Não vejo a hora. Adoro criança!

Sofia permaneceu calada. Murilo adorava falar das filhas, mas naquela hora preferiu continuar relembrando o que viveram em Monte Alto, até que Laura voltou ao assunto do casamento de Sofia.

– Eu já queria ter filhas, como você, para serem daminhas da minha irmã. Acho a coisa mais linda.

Laura era a irmã mais nova. Com vinte e oito anos ainda não conhecera ninguém que lhe despertara a vontade de se casar. Apesar disso, ela sempre aconselhava Sofia a se comprometer seriamente quando a irmã aparecia com um namorado, pois achava Sofia uma pessoa difícil e vivia preocupada com a solidão da irmã.

Murilo sugeriu que todos se juntassem a Tamara e Galego no mar alguns minutos depois.

– A água deve estar muito fria – Laura falou.

– Pena que temos que voltar pra casa amanhã – Tamara falou, abraçada a Galego, quando retornaram do mar algum tempo depois.

– Espero encontrar vocês em São Paulo – Galego falou e deu um beijo em Tamara.

– Eu também – Murilo concordou enquanto observava Sofia, distraída novamente com a luz prateada refletida na água.

4.

Já em São Paulo, às oito da manhã, Sofia estava no escritório tomando café enquanto lia as publicações, sem conseguir se concentrar como precisava. Mariana, sua estagiária, só chegou às nove. Sofia conversou com ela sobre os atrasos nos processos e a orientou sobre a retirada dos volumes no fórum.

– Preciso protocolar esta petição hoje, dra. Sofia?
– Sim. Preste atenção aos prazos.
– Dra. Sofia, já deu uma olhada nas novas petições que temos que protocolar? Entraram enquanto você estava viajando. – Mariana se levantou de sua estação de trabalho e se dirigiu à mesa de Sofia. – A esposa se sentiu prejudicada na partilha dos bens e agora está querendo pedir revisão no processo de separação para reivindicar os quatro pneus do veículo do ex-marido. – Ela não segurou o riso.

– Mariana, pode parecer engraçado mesmo, mas nunca ria assim de um cliente – Sofia a advertiu e depois avaliou que havia sido mais rigorosa do que o normal com a estagiária.

Apesar de trabalhar com Sofia havia apenas alguns meses, Mariana já tinha certa intimidade para fazer perguntas sobre sua vida pessoal.

– Quando vai provar o vestido?
– Daqui a pouco – Sofia respondeu, sem tirar os olhos dos documentos que lia, não querendo dar sequência ao

assunto. Ela não gostou da pergunta, pois Mariana a fez pensar no casamento.

— E como ele é?

— É bem simples.

— Mas acho você tão romântica. Um vestido muito simples não tem nada a ver.

Romântica não era bem o termo usado pelas pessoas à volta de Sofia para descrevê-la, principalmente nessa fase que antecedia o casamento. Ela evitava se abrir com a mãe e com Laura, que não entenderiam suas dúvidas e diriam que Cristiano tinha tudo o que Sofia sempre procurara. Tamara era a única pessoa que não concordava com o casamento. Mas Sofia não sabia se era algo pessoal com Cristiano ou com o casamento em si.

Romântica. O adjetivo usado pela estagiária para descrevê-la ainda repercutia.

Já fazia alguns anos que aquela personagem mais bruta que Sofia sempre interpretou tinha começado a desaparecer. A prova era como a estagiária e até a arquiteta que estava reformando seu novo apartamento a viam. Parecia uma bobagem, mas foi importante para Sofia perceber isso. Aos poucos ela assumia mais firmemente suas vontades e deixava de lado traços que sempre quis mudar. Sofia, definitivamente, se sentia romântica, mesmo pensando em desistir de se casar.

Depois do almoço, saiu sem vontade alguma para encontrar Laura e a mãe no ateliê para a prova do vestido. Tamara estava ocupada cuidando de sua festa de aniversário e não poderia participar da prova. O desenho do vestido estava pronto havia algum tempo, mas, por causa da agenda concorrida da estilista, a primeira prova só fora agendada para aquele dia.

Sofia foi chamada pela costureira, que já estava subindo as escadas com o vestido protegido por uma capa plástica cinza. As três a seguiram até a sala de provas.

A costureira fechou a cortina e ajudou Sofia a se vestir. Apesar de ainda não estar no tecido escolhido, a forma que a tela do vestido tomou em seu corpo já mostrava um pouco do resultado. Laura, ansiosa, abriu a cortina e viu a irmã numa plataforma mais alta, fascinada por sua imagem de "quase noiva".

Beatriz sorriu, levando as mãos ao rosto. Ver a filha tão bonita fez com que ela se lembrasse da menina desajeitada, que dizia que nunca arrumaria um namorado. Com a ajuda da estilista, que acabara de entrar na sala, Sofia desceu da plataforma com cuidado, pois o vestido estava justo. A pedidos, deu uma voltinha revelando o decote nas costas. Laura, surpresa, bateu palmas pela ousadia da irmã.

De frente para o espelho, Sofia observou a própria imagem. Com coragem, quis entender verdadeiramente o que aquela figura de noiva a fazia sentir. Apertou os olhos para tentar se concentrar no que a levara àquele pedestal no ateliê da estilista, no que a fizera se interessar por Cristiano e pensar se ele ainda a fazia se sentir como quando se conheceram. Seus pensamentos voltaram no tempo.

Cristiano também era sócio do clube de Sofia e ambos tinham alguns amigos em comum. A pedido do professor, Sofia participou de um torneio de tênis, em que jogou com Cristiano e se admirou com suas habilidades em quadra. Ela o achou gentil, generoso e, por outro lado, forte, concentrado. Cristiano se interessou por Sofia logo que a viu e depois daquele jogo marcou uma nova partida com ela no clube.

– Vamos tomar uma água. Estou começando a ficar com dor de cabeça – Sofia pediu uma pausa no jogo, por causa do sol forte.

– Vamos só terminar este *game*?

– Acho que não aguento. – Sofia deixou a raquete no chão e se curvou levemente, apoiando as mãos nas pernas.

Cristiano pegou a raquete de Sofia do chão e a cumprimentou pelo jogo.

– Hoje você estava muito concentrada! Me fez correr de um lado para outro da quadra o tempo todo.

– Eu tentei só pensar no jogo.

– Por quê? Tem muitas coisas aí nessa sua cabecinha?

– Não, é só o calor mesmo.

– Já que ela está vazia, será que posso ocupar seus pensamentos?

Sofia riu, achando que aquela forma de Cristiano se aproximar dela era de mau gosto.

– Desculpe, Sofia. Nunca fui bom nisso. – Ele percebera que não tinha acertado na maneira de falar. Vamos almoçar por aqui mesmo?

– Pode ser. Só preciso estar no fórum às três e meia.

As amigas incentivaram Sofia a prosseguir com o relacionamento, pois ele parecia bastante interessado. Todos os namoros dela duraram muito pouco. Assim como Sofia, Cristiano também sempre fora exigente. Namorou muitas mulheres, à procura de um relacionamento ideal. Com Sofia foi diferente. Em menos de um ano estavam noivos, marcando a data do casamento. Logo notaram que tinham muito em comum. Ela, advogada. Ele, executivo de um banco de investimentos. Ambos conseguiam compreender as tantas horas trabalhadas por dia, mas as coisas foram mudando.

Levou um tempo para Sofia notar que aquele não era mais um relacionamento que fazia bem a ela e, quando percebeu, foi difícil lidar com isso. Os planos que fizeram juntos, os convites que já tinham sido entregues para a calígrafa, o apartamento que estavam reformando... "Não!" Sofia gritava em pensamento, para si mesma, quando ideias desse tipo a assombravam. "É só uma fase", ela repetia as palavras que alguém já dissera, logo que a crise entre eles se iniciou. A cada dia Sofia ficava mais acostumada com a ausência do noivo. Passar mais tempo sem Cristiano, por causa das viagens de trabalho para lugares cada vez mais distantes, colaborou para que suas dúvidas se tornassem mais frequentes.

Olhando para a própria imagem no espelho do ateliê, as respostas já pareciam mais claras, mas mesmo assim Sofia achou melhor se permitir questionar-se mais vezes, como num teste, buscando com esperança um novo jeito de ver as coisas nessa fase que antecedia o casamento.

5.

– Mais uma dupla falta! – Cristiano gritou durante a partida que Sofia havia combinado com ele. Em todas as oportunidades que tinham para ficarem juntos, Sofia queria aproveitar para resolver logo sua angústia sobre a questão do casamento. – Você está muito desconcentrada hoje. Por mim, podemos encerrar.

– Volte para a quadra. Vamos terminar o jogo – Sofia pediu.

– Não, Sofia. Eu preciso ir. Estão me esperando. Vou só tomar um banho.

– Mas não íamos almoçar juntos?

– Este jogo se estendeu demais. Acabei me atrasando – Cristiano se justificou, guardando a raquete na bolsa.

– Você não está falando sério, está? Foi tão difícil arrumarmos um tempo para nós. Ainda não conseguimos conversar direito. Temos muitas coisas para resolver.

– É sobre aquela conversa das músicas do casamento? Pode decidir tudo você mesma. Na hora a gente nem vai se lembrar se a música tocou ou não.

– Eu sei que você não está falando sério – Sofia disse desanimada. – Preciso falar com você sobre outras coisas muito importantes.

– Sofia – ele disse, enquanto checava o celular –, só dá tempo para o banho mesmo. Se for algo sobre a reforma do apartamento, pode resolver tudo com a arquiteta.

Naquela tarde, eles tinham uma reunião agendada com Letícia, arquiteta contratada para cuidar do projeto de reforma do apartamento novo. Sofia havia tirado o dia todo de folga para finalmente conversar com Cristiano. De manhã, antes de sair de casa, ela nem sabia se chegariam a se reunir com Letícia, pois dependeria da conversa com Cristiano no clube. Como ele saiu com pressa para voltar ao trabalho, Sofia seguiu com a agenda e foi para a reunião no apartamento.

– Sofia, como não conheci o Cristiano ainda, não sei bem como é o jeito dele. Tentei passar para o projeto o que você tinha me pedido, harmonia e serenidade. – Quando Sofia se reuniu pela primeira vez com Letícia, ela já sentia falta disso com Cristiano, e acabou passando suas carências para a arquiteta. – Espero que as cores estejam de acordo com o que vocês esperavam.

Para quem nem queria participar da reunião naquela tarde, até que Sofia conseguiu se mostrar interessada para Letícia, mas pensou que a profissional estava perdendo tempo ao projetar um apartamento com a intenção de trazer a eles "harmonia e serenidade".

6.

Murilo deixou a mochila no sofá, sem ver que Nina, a filha mais velha, estava na sala escura. Ela apareceu assim que ouviu o barulho da porta. Vestindo uma camisola com pequenas estampas, recebeu o pai, pulando em suas costas. Murilo a carregou até o quarto, colocando-a na cama.

– Pai, você demorou pra voltar.

– Não demorei, Nina. Voltei no dia que eu prometi pra você, sábado.

– Não é mais sábado. Já é domingo.

Murilo olhou no relógio e sorriu, vendo que passava da meia-noite. Nina se divertiu com as cócegas que o pai fez nela, mas ficou em silêncio em respeito à irmãzinha, que dormia na cama ao lado e abriu os olhos, parecendo que iria acordar. Murilo se enfiou debaixo das cobertas com Nina e riram um pouco mais, antes que ele saísse do quarto, encostando a porta.

– Você viu que horas são?

Murilo se assustou com a pergunta de Betina, que chegou sem ser notada.

– Desculpe. Vim de carona com o Diego. Ele só conseguiu me trazer agora.

Betina saiu de cabeça baixa, entrando novamente no quarto do casal. Murilo apertou os olhos, tomou fôlego e foi atrás dela.

– Betina, o que foi?

– Você, Murilo... Você continua o mesmo. Ficamos nós três aqui, sozinhas. Olha a hora que você chegou.

– Só me atrasei por causa da carona – Murilo se justificou.

Ele já sabia onde a conversa chegaria. Sentou-se na cama e começou a tirar os sapatos. Deitou-se, ainda de roupa, e perguntou a Betina o que tinha acontecido.

– O de sempre – ela respondeu com a voz embargada. – Preciso dar um jeito na minha vida antes que você me deixe sozinha cuidando das meninas.

Murilo sequer respondeu. O assunto era recorrente e ele não sabia mais o que dizer. Levou as mãos ao rosto e as esfregou com força, mostrando estar sem paciência para a longa noite que o esperava, após ouvir os soluços de Betina.

7.

Tamara não tirava os olhos da entrada do bar onde estava comemorando seu aniversário e viu quando Galego chegou.

– Parabéns! – ele a cumprimentou com um abraço.

Alguns amigos que estavam de frente para a varanda do bar comentaram o que viam, deixando Laura curiosa. Ela, com rapidez, se virou para conferir e apenas sorriu, balançando a cabeça lentamente de um lado para o outro.

Tamara o apresentou a todos como um amigo, e Galego cumprimentou um por um.

– Laura! Bom ver você! E sua irmã, não vem?

Laura apontou para Sofia, que chegava com Cristiano.

Galego não esperou que ela chegasse à mesa e foi até a entrada cumprimentá-la. Cristiano, após estender a mão a Galego, perguntou a Sofia quem ele era.

– É um amigo nosso.

– Um amigo que nunca vi.

– Um amigo de um amigo que encontramos no navio. Acabamos nos conhecendo. Eu nem sabia que a Tamara ia convidá-lo.

– Ainda não me contou tudo da viagem então.

Sofia o interrompeu para cumprimentar os amigos e conversar com Tamara, que a chamou.

– Como você está? Conseguiu conversar com o Cristiano?

– Ainda não. Está tão complicado seguir com tudo sozinha. Mas hoje o dia é seu. – Sofia não queria incomodar Tamara com seus problemas. – Então, você e o Galego...

– Eu queria vê-lo de novo. A festa de hoje foi a desculpa perfeita pra isso.

– Seu amigo não veio? – na mesa dos convidados, Cristiano perguntou para Galego, que estava sentado entre ele e Laura.

– Quem? – Galego quis saber.

– O que estava com você no navio, amigo da Sofia – Cristiano esclareceu.

– O Murilo! – Galego entendeu. – Eu nem o chamei. A Tami pediu pra convidar, mas acabamos de chegar de mais uma viagem de show. Voltamos do cruzeiro onde nos conhecemos – ele apontou para Sofia – e logo emendamos mais umas semanas em outra cidade. Murilo ficou muito tempo fora de casa e com certeza estava com saudade das filhas.

Cristiano ficaria satisfeito com a resposta, se Galego não se levantasse e fosse até Sofia dizer-lhe algo no ouvido, por causa da música alta. Sofia riu com o novo amigo, deixando Cristiano emburrado.

Coincidentemente, por muitos anos a banda de Galego tocou naquele bar. Fizeram vários shows, inclusive em parceria com o cantor que se apresentava naquela noite. Logo que chegou, Galego reconheceu a voz do amigo e o cumprimentou de longe. O cantor viu Galego de pé e levou o microfone para ele. A mesa toda aplaudiu. Como estava ao lado de Sofia, deu a mão a ela enquanto cantava. Um pouco tímida, Sofia levantou-se e cantou um trecho da música, a pedido de Galego. Tamara se divertiu com a cena e aplaudiu com entusiasmo. Galego passou por Tamara e cantou para ela também, que se levantou e envolveu a cintura dele com seu braço. Os dois ficaram lado a lado até o fim da música.

Antes de se sentar novamente, Galego abraçou o cantor e devolveu o microfone a ele.

– Não quer cantar no nosso casamento? Eu queria contratá-lo – Cristiano falou.

– Ele não tem tempo para cantar em casamentos. – Sofia achou que Galego pudesse se sentir mal com a proposta, por serem amigos e por sua banda estar em ascensão.

– Canto com o maior prazer! – Galego surpreendeu Sofia com a resposta. O certo seria Galego falar antes com Diego, seu empresário, mas aceitou a proposta por se tratar do casamento de Sofia e pelo alto cachê pago em festas de casamento.

– Fechado – Cristiano disse, apertando-lhe a mão. – Quero a banda toda lá.

Galego foi até o bar e Sofia aproveitou para conversar com Cristiano.

– Por que fez isso? Não percebeu que eu não queria que o contratasse?

– Você reclama que não participo das coisas do casamento, mas não reconhece quando ajudo. Acabei de escolher a banda do seu amigo para tocar na nossa festa, achando que fosse gostar.

– Entendi, você quis ser prático. Uma coisa a menos para escolhermos.

Depois que saíram do bar, Sofia e Cristiano foram para o apartamento dele na Bela Vista. Fazia algumas semanas que eles não conseguiam ficar sozinhos, e aquela seria a noite ideal para Sofia finalmente ter com ele a conversa definitiva sobre o assunto que a afligia.

Cristiano serviu o vinho de que Sofia mais gostava e sentou-se ao lado dela no sofá. Os dois conversaram sobre alguns problemas de saúde que a mãe dele enfrentava, mas Cristiano logo interrompeu o assunto, pois percebeu que Sofia não estava à vontade.

– Chega, vamos aproveitar esta noite juntos e deixar para falar sobre isso outro dia. Hoje não quero falar sobre a minha mãe, nem sobre casamento, nem reforma de apartamento. Só sobre nós.

Sofia se sentiu desconfortável com o que ouviu. Se ela o incomodava tanto quando falava dos assuntos mais importantes do momento, se não podia compartilhar com ele o que dizia respeito aos dois, imaginou que seria difícil também as outras fases que passariam quando se casassem, como gravidez, problemas com os filhos e outras situações da vida familiar.

Ao mesmo tempo em que tinha pressa para resolver a situação com Cristiano, ela não tinha coragem para falar o que precisava. Sofia se sentia sozinha e imatura pela forma como o noivo a criticava quando ela queria dividir preocupações ou alegrias relacionadas aos temidos assuntos casamento e apartamento novo. Ela entendeu que não queria passar a vida toda assim, sendo censurada e tratada como uma pessoa superficial, parecendo só falar bobagem.

– E vamos falar sobre o quê, então? – Sofia perguntou com ironia.

Cristiano apoiou na mesa de centro a taça que tirou da mão dela. Então se sentou mais perto de Sofia, com cuidado. Bem devagar, começou a abrir o zíper lateral de seu vestido e a beijou. Aquela noite também poderia ser a chance de Sofia recuperar o lado bom de ter Cristiano ao seu lado. Ela fez força para pensar no que deveria uni-los ainda mais, como o casamento e tudo que fosse relacionado a isso, mas seu choro veio sem que ela pudesse segurar.

– Não posso mais.

– O que aconteceu? – Cristiano não entendia o que ela queria dizer.

– Preciso falar logo pra você o que estou sentindo, antes que o dia do casamento fique mais próximo.

– Não, Sofia... Já discutimos, já falamos o que tínhamos para falar. Pensei que estivesse tudo resolvido.

– Não podemos nos casar.

Como Sofia não mais havia demonstrado tristeza perto dele desde a última conversa que tiveram antes do cruzeiro, Cristiano imaginou que tivessem superado a crise que estavam vivendo e que as coisas já haviam retornado ao normal.

– Nada mudou. Eu me esforcei para ver as coisas de um jeito diferente, fui viajar para pensar melhor longe de você, mas não posso mudar o que sinto só porque quero.

Cristiano andou pela sala enquanto Sofia criava coragem para dizer mais uma vez que não queria se casar.

– Por favor, Sofia, pense melhor. Estamos a alguns dias do casamento. Não tome nenhuma decisão impulsivamente.

"Ele não me conhece mesmo", Sofia pensou quando ouviu o que Cristiano dissera. Não seria uma atitude impulsiva não se casarem mais, pois Sofia vinha falando sobre isso já fazia muito tempo. Parece que enxergar o relacionamento mais perto de se tornar definitivo por meio do casamento a fez ver que não era isso que ela queria. O primeiro sentimento foi de remorso e culpa. Depois, ela notou que tinha o direito de não querer mais seguir com a relação com Cristiano.

8.

De manhã, Duda e Nina foram acordar o pai, que estava num sono pesado. Betina também dormia, mas foi a primeira a despertar quando as meninas subiram na cama. Duda, a menor, sentou-se sobre a barriga de Murilo. Nina beijou-lhe o rosto e ele abriu os olhos. De uma só vez, Murilo envolveu cada uma em um braço, levando-as para perto dele e as abraçou. Os três ficaram assim, até que adormeceram novamente. Apesar da vontade muito grande de ficar na cama, Betina fez um esforço e se levantou, pois tinha ficado sem espaço para se deitar confortavelmente. Na sala, fechou a cortina e tirou a mochila de Murilo do sofá sem muito cuidado. Deitou-se ali, encolhida. O peso que sentia no corpo só não era maior que a enxaqueca e a dor nas costas.

Duda se levantou com sede. Foi até a sala e viu a mãe deitada. Ela sabia bem que quando Betina estava assim não adiantava pedir nada a ela. Sentou-se numa cadeira e esperou, pois não conseguia carregar o garrafão de água. Nina apareceu e a irmã pediu ajuda. As duas foram até a cozinha, mas Nina também não conseguiu pegar água para Duda. Então abriu a geladeira e pegou uma garrafa de refrigerante para servir a irmã.

Nina passou a mão pelos farelos que estavam sobre o tampo de vidro da mesa de jantar, jogando-os ao chão. Abriu a gaveta do móvel, pegou quatro toalhinhas verdes e pôs a mesa. Betina estava acordada, mas não se juntou a elas.

Como sentia fome, Duda pediu pão para Nina, que não sabia onde a mãe o guardara. Murilo apareceu na sala e sorriu para as duas, sentadas à mesa.

– Não está muito cedo para tomar refrigerante? – ele perguntou. – O que vocês querem comer?

– A Duda quer pão, pai. Eu também.

Murilo foi até a cozinha e também não encontrou nada. Abriu a geladeira e procurou suco para oferecer às filhas. Havia algumas maçãs, mas, quando Murilo apalpou as frutas, viu que já estavam estragadas. Aproveitou para fazer uma limpeza na geladeira, retirando o que já não estava mais apropriado para consumo. Recolheu do chão, perto da porta da área de serviço, três caixas de pizza. Levou o lixo para fora de casa, lavou as mãos e sentou-se com as meninas.

– Vamos até a padaria? – convidou.

Elas saíram rapidamente para trocar de roupa. Murilo se aproximou de Betina para ver se ela estava acordada. Mexeu em seus cabelos, mas ela não reagiu.

– Betina – Murilo chamou. Ela se virou no sofá, mas não respondeu. – Vamos sair para tomar café da manhã. Aqui em casa não tem nada para comer.

– É claro que não tem – Betina finalmente falou.

– Vamos, mãe – Nina a convidou.

– Nina, vá com seu pai e mate a saudade que sentiu dele.

– Quer que eu traga alguma coisa para você? – Murilo perguntou, mas ficou sem resposta novamente. Betina se levantou do sofá e foi para o quarto.

9.

Quando as meninas já haviam dormido, Murilo chamou Betina para uma conversa. Ela estava deitada desde cedo e não quis falar com ele.

– Betina, você não pode viver assim. Não faz bem nem para você, nem para mim e nem para as crianças.

Depois de ouvir o que Murilo disse, ela sentou-se na cama.

– Estou cansada de ouvir que a vida seria melhor sem mim.

– Eu nunca disse isso, Betina. Fico preocupado com você.

– ... E com as suas filhas – ela completou. – Mas não vejo você tão preocupado assim. Se realmente quisesse cuidar delas, ficaria mais tempo em casa, teria um trabalho mais decente, que nos desse uma vida melhor.

– De novo? Você não sabe falar de outra coisa. Já assinamos com a gravadora, agora é só esperar. Tudo vai mudar.

– Estou esperando essa mudança desde que a Nina nasceu. Não aguento mais viver com o básico, Murilo.

– Do que você está falando?

– Estou falando de conforto financeiro, sem sustos. Isso você faz bem, realmente. Dar sustos em mim.

– Foi só uma fase ruim que tivemos. Está melhorando. Já passamos pelo pior.

– Você insistiu na segunda filha!

– Fale baixo, Betina – ele a repreendeu.

– Eu estudei, Murilo. Estudei muito pelo prazer de produzir, criar – ela continuou falando em voz alta. – Não era para eu estar levando essa vidinha de mulher de músico.

– Quanto a isso, eu não me sinto responsável. Já falei outras vezes que, por mim, você nunca teria deixado sua profissão.

– E quem cuidaria das suas filhas?

– Você é decoradora. Poderia coordenar os horários e trabalhar de vez em quando, enquanto elas estivessem na escola, para não sair de vez do mercado. Nem é só pela parte financeira, mas pelo prazer de fazer alguma coisa, de se sentir útil.

Betina virou-se de bruços e fechou os olhos.

Murilo pegou em seu ombro, mas ela não reagiu. Ele a chamou mais algumas vezes e, sem ter resposta, fechou a porta do quarto e foi ver as meninas. As duas estavam num sono pesado, e Murilo se sentiu aliviado por elas não terem ouvido mais uma discussão. Ligou a TV só para ter uma companhia, sem prestar atenção no que via. Seus pensamentos o levaram de volta para aquele navio. Rever Laura e Sofia tinha sido mesmo uma boa surpresa. Murilo e elas sempre foram muito próximos quando moravam em Monte Alto. Com Laura, sempre mais tranquila, era mais fácil de conviver. Apesar de mais nova, era companhia constante dele e dos primos. Sofia também fazia parte do grupo, mas não conseguiam ficar muito tempo sem brigar. Murilo sorriu quando se lembrou do quanto ele a provocava. Não só ele, mas todos os meninos a perturbavam. Ele se esforçou para se lembrar do beijo no navio, mas só conseguiu se recordar do que contaram a ele. Já a imagem marcante de Sofia, antes mesmo de reconhecê-la naquele bar do navio, ainda estava forte em sua memória.

A luz que entrava pela janela da sala despertou Murilo, que acabou dormindo sentado no sofá. Eram seis e meia, hora de acordar as meninas para a aula. Ele entrou no quarto delas e se sentou no chão, entre as duas camas. Cantou-lhes uma canção que compôs para Nina quando ela nasceu. Era sempre assim que ele as tirava da cama. Ambas despertaram rapidamente e perguntaram se iriam para a escola naquele dia.

– É claro que vão. Hoje não é segunda-feira?

– É – Duda respondeu esfregando os olhos, ainda com sono.

– A gente não foi na semana passada – Nina contou.

– Por quê? Não teve aula? – Murilo perguntou, enquanto ajudava Duda a descer da cama para escovar os dentes.

– A mamãe acordou tarde. Ela não conseguia dormir à noite.

Murilo preferiu mudar de assunto, mesmo sabendo que era uma questão que precisava ser resolvida, mas que, como outras tantas, seria tratada como se não tivesse importância dentro daquela casa a fim de evitar ainda mais problemas para as filhas.

– Pai, você faz torrada pra mim, por favor? – Nina pediu.

– Faz pra Duda também.

Nina estava acostumada a ajudar a irmã menor. Depois de pentear os cabelos longos de Duda, ela mesma se penteou e colocou uma faixa branca para prender a franja. Como o pai estava ocupado preparando o café da manhã, Nina atendeu ao telefone que tocava e levou o aparelho para Murilo.

– Mãe, eu passo aí depois de levar as meninas para a escola para conversarmos melhor – ele respondeu, tentando interromper a conversa de Laila.

Naquela manhã, Murilo não precisou ir ao ensaio. Galego e os outros músicos também estavam descansando, depois da viagem que haviam feito. Mais tarde, eles se encontrariam na gravadora para uma reunião sobre a estratégia de divulgação da banda após o lual em Búzios. Murilo estava confiante. Uma maior divulgação do trabalho deles mudaria tudo em suas vidas.

Ao entrar no edifício onde os pais moravam, Murilo viu a avó no pátio. Ele a abraçou e estranhou vê-la desacompanhada.

– Eu quero ficar um pouco sozinha. Hoje Laila não está a melhor das companhias – ela brincou.

Murilo fez uma careta, divertindo a avó.

– E meu pai? Está em casa?

– Ele precisou sair – Salma respondeu.

Os dois caminharam de braços dados, sem pressa. Murilo reparou no inchaço da perna da avó e reduziu um pouco os passos.

– Como foi o cruzeiro?

– Muito bom, vó. Fomos bem recebidos.

– Vocês são bons. É uma música alegre. Não tem quem não goste.

– E você? Como está? Passaram as dores?

– Ah, Murilo, as dores são úteis. A cada dia eu descubro que tenho partes no corpo que eu nem imaginava que existissem – ela mesma se divertiu com o que disse, fazendo Murilo sorrir. – Mas vamos voltar à sua viagem de navio – Salma prosseguiu. – Conte os detalhes.

– Não sei se você se lembra dos nossos vizinhos de Monte Alto...

– Quais vizinhos?

– Reinaldo e Beatriz Luna Greco, que tinham duas filhas.

– Eu me lembro muito bem. Era uma família muito amiga da nossa. Eles estavam no navio?

– Só as filhas. Foi uma grande coincidência.

– Hmm – Salma balançou a cabeça negativamente, ajeitando os óculos de lentes espessas.

– Eu esqueci que você não acredita em coincidências – Murilo falou. – *Maktub*! – ele brincou, pronunciando a palavra que mais ouviu a avó dizer, desde que era criança. Essa expressão significava "estava escrito".

Salma quis subir e Murilo a acompanhou. Ainda de roupão, Laila estava à mesa tomando café da manhã. Murilo retirou o jornal cuidadosamente dobrado sobre o assento da cadeira vazia e se serviu. Salma tomou uma xícara de café e se recolheu no quarto. As dores nas costas estavam incomodando e ela se sentia melhor deitada.

– Está tudo bem com você e com o meu pai? – Murilo perguntou, curioso para saber o que a mãe tinha para lhe dizer.

– Sempre está tudo bem por aqui, Murilo. A questão é a sua casa.

Murilo virou a cabeça em direção oposta à de Laila, claramente demonstrando pouco interesse naquela conversa.

– Não adianta você fugir. Precisa cuidar da sua família. O que você espera conseguir com essas viagens?

– Mãe, eu gostaria que você não se metesse nesse assunto.

– Tenho certeza de que você se abre com sua avó, que já nem está tão lúcida assim. Por que não pode conversar comigo?

– Minha avó é a pessoa mais lúcida que conheço.

– Pare de dar ouvidos a ela, Murilo. Ela é uma sonhadora, iludida, como você. Vá atrás dela e não chegará a lugar algum.

– O que foi que a Betina falou para você? – Murilo estava ficando alterado.

– Eu fui visitar minhas netas e vi o estado da sua casa e da sua família.

– Eu nem estava lá. A Betina não dá atenção para as meninas.

– É essa a questão. Você não estava lá. Você nunca está lá – Laila acusou.

– Mãe, por favor, eu não quero brigar com você também. Deixe que eu resolvo meus problemas com a minha mulher.

– Então, trate-a como sua mulher. Não é de hoje que observo sua postura inconsequente e imatura. Já deixou Betina e suas filhas numa situação muito ruim. Isso eu não quero ver de novo.

Murilo não se importou com o jeito agressivo da mãe, mas, sim, com o que ela havia dito. Pela primeira vez ele concordara num ponto com ela. Só ele conhecia seus motivos para se afastar de casa, sempre que fosse possível, mas para quem via de fora, e até para ele mesmo naquele momento, a impressão que passava era de um pai com uma "postura inconsequente e imatura". De repente, Murilo se preocupou com a possibilidade de as filhas pensarem o mesmo dele. Ao contrário do que Laila pretendia com aquela conversa, Murilo se sentiu estimulado a tomar uma decisão que já havia postergado por muito tempo. Ele não precisaria mais se afastar, passando semanas fora de casa, ou fingir estar anestesiado para não ter de enxergar a verdade que sempre esteve tão clara.

10.

Era com o medicamento que Betina conseguia sem prescrição médica que se sentia um pouco melhor. Sua ginecologista o prescrevera uma vez, mas já fazia muitos anos. Betina continuou tomando o remédio quando precisava e não seguiu a orientação da médica de procurar um psiquiatra. Depois da conversa que teve com Murilo sobre o pedido de separação, ela sentiu necessidade de mais uma dose, mas a caixa estava vazia. Então se sentiu sem esperança. Uma angústia incontrolável surgiu, fazendo-a levantar-se da cama num impulso para abrir a janela do quarto e respirar melhor.

Era como se algo dentro dela quisesse sair, atravessar sua pele. Os sintomas eram os de sempre, porém numa maior intensidade. O desabafo veio na forma de um choro contínuo e silencioso. Pensar no fracasso do seu casamento a deixou pior. O relacionamento já não ia bem fazia muito tempo, ela sabia disso, mas, quando as palavras e atitudes tornaram tudo mais definitivo, Betina sentiu que não teria outra oportunidade de reparar sua tão sonhada felicidade. Era por isso que dizia brigar na vida, por sua felicidade.

Sem a medicação, Betina preferiu dormir. Quando dormia, sentia que a vida passava mais rápido. Para Betina, até as filhas a desprezavam. "Murilo conseguiu!", ela disse em voz alta ao refletir que, mesmo passando pouco tempo com a família, o marido havia conseguido confundir as meninas. Os olhos pesados e inchados se fecharam, na tentativa de buscar o sono.

A campainha despertou Betina, que permaneceu deitada. Insistentemente o ruído continuou, tirando-a com dificuldade da cama. Era Murilo com as meninas.
– Você não tem chave? – Betina perguntou.
– Esqueci aqui em casa.
– Nem da chave de casa você consegue se lembrar.
– Eu esqueci hoje cedo – ele se certificou de que as meninas já estavam no quarto e continuou –, saí com pressa daqui, você mesma pediu que eu desaparecesse da sua frente. E você? Se lembrou das suas filhas? Elas me ligaram porque você não apareceu para buscá-las.
– E por que não ligaram para mim? – Betina se chateou.
– Elas ligaram. Você não atendeu.
Murilo estava procurando a chave, mas Betina o impediu.
– Você escolheu não morar mais aqui. Não precisa mais da chave.
Ouvindo isso, Murilo foi até o quarto das filhas. Nina e Duda o chamaram para ficar com elas. Betina, sem perder tempo, avisou que ele não poderia ficar porque estava de saída. Contou, sem hesitar, que, daquele momento em diante, sua ausência seria oficial, já que estavam se separando. As duas ficaram caladas, observando o pai, aguardando que ele

negasse a informação. Murilo pediu a Betina que o deixasse sozinho com as filhas.

– Não! Vai dizer o que a elas? Que eu sou a culpada por tudo isso? Quero presenciar essa conversa – Betina falava em voz alta.

Nina começou a chorar e Duda também ficou triste, imaginando que a irmã deveria saber que aquilo tudo era sério.

– Não precisa chorar, Nina – Betina tentou acalmar a filha. – Tudo vai ser como sempre foi. Seu pai já fica muito pouco em casa conosco.

Por causa do choro da filha, Betina a abraçou, parecendo arrependida de ter falado daquela forma.

– Pai, você vai buscar a gente na escola? – Nina perguntou com a voz chorosa.

Murilo olhou para Betina, que resolveu sair do quarto, deixando os três sozinhos.

– Eu vou ficar mais perto ainda de vocês – ele prometeu.

– Como? A mamãe falou que você não vai mais morar aqui – Duda não estava entendendo.

– Quando eu estiver com vocês, estarei somente com vocês. É isso que importa.

Nina e Duda não quiseram ajudar Murilo a fazer as malas. Elas tentaram acreditar nas palavras do pai porque ele normalmente cumpria o que prometia, mas dessa vez foi mais difícil. Ele foi se despedir, com medo de como seria a própria reação na frente delas. Os lábios trêmulos não o ajudaram a dizer tudo que gostaria. Quem falou foi Nina.

– Pai, dorme só mais essa noite aqui no nosso quarto. A mamãe não precisa ver.

Betina já estava fechada no quarto e Murilo não pôde negar aquele pedido. Então estendeu um edredom entre as camas, e as meninas deram as mãos para o pai.

11.

Ansioso para ver as meninas, Murilo se decepcionou quando, na porta da escola, o segurança avisou que elas não haviam aparecido. Irritado, não por Duda e Nina terem faltado à escola, mas por perceber que encontrar as filhas se tornara mais difícil, Murilo se sentiu perdido. Buscá-las na escola era a melhor forma de matar a saudade. Sem coragem de aparecer na casa de Betina, ele entrou no carro e dirigiu pelo bairro. Passou devagar pela pracinha na frente do prédio, na esperança de vê-las brincando. Mesmo que as visse ali, Betina provavelmente estaria junto.

Depois de rodar por lugares repetidos, Murilo se aproximou da rua de sua mãe. A ideia de ver a avó e lhe pedir alguns conselhos o animou, mas pensar em ver Laila e ter de ouvir sua opinião sobre seu relacionamento fracassado com Betina o fez hesitar. Salma saberia o que dizer nesse momento, e era disso que Murilo precisava, ouvir alguém sensato, que o fizesse enxergar a realidade das coisas.

Eram quase duas da tarde, hora da caminhada de Salma pelo pátio do condomínio. Ela mantinha o hábito de caminhar após o almoço, sempre que se sentia mais disposta.

– Tudo bem, Jair? – Murilo cumprimentou o porteiro.
– Oi, Murilo. Tudo em ordem, graças a Deus!

– Viu minha avó? – ele perguntou, depois de tê-la procurado pelo térreo.

– Faz uns três dias que não vejo a dona Salma por aqui. Dona Laila acabou de sair.

Murilo subiu aliviado por não ver a mãe em casa. Tocou a campainha, mas ninguém atendeu. Imaginou que Salma tivesse saído com Laila, mas, se fosse isso, Jair teria comentado. Insistiu mais uma vez. Jair poderia não ter visto Salma no banco de trás, pois Laila e Munir deviam estar nos bancos da frente. Quando Murilo já estava dentro do elevador, descendo para o térreo, ouviu a voz de Carmem, que trabalhava na casa de sua mãe desde que ele era criança. "Oi!", ela disse no corredor, procurando quem tocara a campainha. Ele conseguiu empurrar a porta, antes que ela se fechasse, e Carmem ficou feliz em vê-lo.

– Ai, Murilo! Que bom que você veio.

– Não ouviu a campainha, Carmem? Toquei muitas vezes.

– Ouvi, meu filho. Eu não podia abrir a porta. Vem cá, Murilo, me ajuda – ela disse, aflita, entrando no apartamento.

Carmem o guiou até o quarto de Salma. Ela estava deitada.

– Oi, vó! – Ele foi abraçá-la e Salma deu um pequeno gemido quando ele se aproximou. – Vó? O que foi?

– Ela caiu, Murilo. Acabou de cair. Coloquei ela na cama nesse instante. Por isso não fui abrir a porta pra você. Se tivesse chegado uns minutinhos antes, tinha me ajudado.

– Caiu? Como? – Murilo se preocupou.

– Calma! Eu estou ótima, não está vendo? – Salma tentou acalmá-lo.

Mais atentamente, ele observou as pernas da avó, muito vermelhas e inchadas.

– Chamou o médico? – ele perguntou para Carmem.

– Ainda não tive tempo de ligar. Você chegou quando tinha acabado de acontecer.

– Me passe o telefone dele, por favor.

– Murilo, não quero que ligue para o dr. Jamil. Eu não vou com a cara dele.

– Mas, vó – Murilo não conteve o riso –, ele sempre foi seu médico. Por que está se rebelando assim, agora, depois de tanto tempo?

– Sua mãe... É ela quem insiste. Faz quinze anos que peço pra trocarem meu médico.

– Por que não gosta dele?

– Eu digo o que sinto quando ele me examina, mas ele ouve só a Laila. Ela nem sabe o que acontece comigo, mas, na hora de falar com o médico, conversa como se soubesse mais do que eu. Os dois me tratam como se eu fosse uma tola.

Carmem retornou com o contato do médico. Antes de ligar para ele, Murilo explicou à avó que ele precisaria chamar o dr. Jamil para examiná-la.

– Eu estou bem. Prefiro ficar aqui, deitadinha, a ver esse médico.

Carmem se aproximou de Murilo e contou a ele que não era a primeira vez que Salma tinha caído. Ela a proibira de contar a Laila, para não precisar ir ao médico. Sem saber o que fazer, Carmem obedeceu.

– Dessa vez eu me preocupei, Murilo. É melhor ligar pro médico dela.

– Também acho, mas não quero que ela se sinta traída.

– Precisa chamar alguém logo, porque, se a Dona Laila chegar e perceber o que está acontecendo, vai sobrar pra mim.

– É isso, Carmem! Precisa chamar alguém, não obrigatoriamente o dr. Jamil. – Murilo foi até o quarto de Salma e lhe contou que iria chamar a médica de Laila.

– Ela é filha do Jamil. Ele vai acabar sabendo e sua mãe também. É melhor não ligar para ninguém. Eu estou me sentindo muito bem.

– Não, isso não, vó.

– Não mesmo, dona Salma. Achei muito bom que o Murilo chegou e viu o que aconteceu. Não quero que aconteça nada de ruim pra senhora e muito menos participar disso.

– Eu quero alguém jovem pra cuidar de mim. De velha, basta eu. Esses médicos antigos não se atualizam, não se modernizam. A medicina avançou tanto, e eles tratam a gente como se fosse no século passado. O Jamil é mais velho que eu!

– Vó, acho que conheço alguém assim. Não sei se a Tamara é boa médica, mas é amiga da Sofia Luna Greco, a nossa vizinha de Monte Alto. Ela é geriatra.

– Assim tudo bem. Se ela for jovem, tudo bem.

– Vou ligar pra Sofia e pedir o telefone dela.

Sofia, porém, não atendeu. Murilo se lembrou de que Tamara estava muito próxima de Galego e ligou para o amigo para pedir o telefone dela.

12.

– *Quando você vem ver a gente?* – Nina perguntou para Murilo ao telefone.

– Eu vou buscar vocês na escola amanhã.

– *Tá bom, pai. Eu tô com saudade de você.*

– Eu também, meu amor. Coloca sua irmã cedo na cama pra vocês não perderem a hora amanhã. Não podem ficar faltando à aula.

– *Pode deixar, pai. Vou pedir pra mamãe dormir cedo também, porque ela tem muito sono de manhã.*

– Ela está acordada?

– *Tá.*

– Como ela está?

– *Ela tá cansada.*

– Pergunta se ela não quer que eu leve vocês pra escola amanhã cedo, Nina. – Murilo torceu para Betina não ser agressiva com a filha por causa da pergunta. A menina voltou com a resposta que Murilo já esperava.

– *Ela disse que não precisa, pai. Ela cuida da gente, pode deixar.*

Murilo apertou os olhos, sabendo que aquela frase era bem típica de Betina, que certamente tinha pedido a Nina que repetisse palavra por palavra.

O celular tocou novamente. Era Sofia, ligando de volta para Murilo, pois havia visto sua ligação mais cedo.

– *Desculpe, não pude atender.*

– Não tem problema, Sofia. Era pra pegar o telefone da Tamara. Minha avó caiu hoje e eu queria...

– *Ela se machucou?* – Sofia o interrompeu, preocupada.

– Caiu, mas agora ela está bem. Eu consegui falar com a Tamara. Ela foi até a casa da minha avó e a examinou.

– *Espero que ela se recupere logo.*

– Obrigado por ter ligado de volta, Sofia.

– *E você? Está tudo bem? Estou achando sua voz diferente.*

– Tem muita coisa acontecendo. Acho que é só mais uma fase ruim, mas vai passar.

– *Nossa, Murilo. Fiquei preocupada agora. Estou te achando triste, desanimado. É por causa da sua avó?*

– Também.

– *O que mais está acontecendo?*

– Não vou ficar falando de problemas pra você, Lua. – Dessa vez, Murilo nem se desculpou por chamá-la pelo apelido.

– *Sei que nunca nos demos muito bem conversando, mas agora, depois de tanto tempo, acho que posso ouvir um amigo de infância e tentar ajudá-lo. A Laura é melhor que eu nisso, eu sei, mas se quiser conversar...*

– Seria muito bom conversar com você, mas daqui a pouco Galego chega para ensaiarmos. Hoje vamos roubar um tempo do ensaio da banda para tocarmos as músicas do seu casamento. Tem alguma música do casal para tocarmos na entrada dos noivos?

– *Acho que não temos uma música* – ela respondeu rapidamente, sentindo-se mal por Murilo e a banda perderem tempo ensaiando para um casamento que talvez não fosse acontecer.

– Então vou sugerir uma que sei que você gosta. – Murilo se referia à música que Sofia adorava tocar.

O fato de ele ter se lembrado a deixou surpresa e curiosa para ver se a música que sempre a fez se sentir tão bem transformaria o que estava muito ruim na sua vida em algo diferente.

13.

– *Seu pai e eu queremos falar com você.* – Era Laila ao telefone.
– Não posso agora, mãe. Tenho ensaio. – Murilo atendeu quando a mãe ligou, pois achou que poderia ter acontecido algo com a avó, mas não queria conversar com Laila.
– *O assunto é sério, Murilo. Dê um jeito de vir.*
Como Laila logo desligou, não houve tempo para perguntar se Salma estava bem. Galego e o restante da banda já estavam no galpão. Murilo se desculpou com todos e saiu.

Assim como a casa onde Betina e suas filhas moravam, o galpão onde ensaiava com a banda ficava próximo da casa de seus pais. Da rua, observou o terceiro andar. As luzes do quarto de Salma estavam apagadas. Murilo entrou rapidamente no edifício, pois o assunto poderia ser a saúde da avó.

Quem abriu a porta, assim que ele tocou a campainha, foi Salma.

– Vó, que susto! A minha mãe me ligou, pedindo pra eu vir...

– Eu sei, Murilo – Salma falou, olhando para trás. – Não fale nada sobre a dra. Tamara. Não quero que ela saiba que estou indo a outro médico. A Carmem quase contou. Se sua mãe sabe, ela chama na hora o dr. Jamil pra vir me ver.

– Pode deixar, vó. Não vou falar nada.

– Ainda bem que veio. – Laila apareceu na sala e chamou Munir. – Precisamos muito falar com você. – Laila ajeitava o roupão branco, pois tinha acabado de sair do banho.

Como Salma claramente estava bem melhor, o assunto só poderia ser outro.

– A Betina me ligou. Ela não está bem.

– Mãe... Esse assunto é só nosso.

– Não é não, Murilo – Munir resolveu falar. – E suas filhas? Somos seus pais. Nós nos preocupamos com elas.

– Elas vão ficar bem melhor sem assistir às nossas brigas, pai. Não posso enganar a Betina e a mim mesmo. Esse casamento já acabou faz tempo.

– Você não se esforça, Murilo – Laila criticou, sentada à mesa de jantar.

– Até quando vou fazer esforço? Não precisaria ser algo natural eu querer passar mais tempo com a Betina, querer ficar ao lado dela? Ela mesma me disse que não faço bem a ela nem às minhas filhas. Nosso convívio ficou muito difícil.

– É assim mesmo, Murilo – Munir falou. – Pensa que é tudo do jeito que quer? Sua família precisa de você, depende de você.

– Pai, eu tentei. Há muitos anos fecho os olhos para muitas coisas. Só fiquei lá até agora por causa da Duda e da Nina. As meninas não merecem viver desse jeito, ouvindo brigas, vendo a Betina se jogar na cama e não sair mais, sem harmonia alguma. Eu não posso compactuar com isso. Me sinto responsável, sim, por não corresponder às expectativas da Betina e por torná-la uma pessoa frustrada. Não consegui conviver mais com ela. Amo minhas filhas, mas nenhum de nós precisa viver do jeito que estávamos vivendo.

– Se amasse suas filhas como diz, não faria mal a elas – Laila provocou Murilo.

– O seu jeito de demonstrar amor também não é dos melhores.

– Não fale assim com a sua mãe, Murilo – Munir pediu.

– Não vou discutir com vocês. – Murilo se segurou para não brigar mais. – Eu sei bem que o modo de verem as coisas é muito diferente do meu.

Ele ia saindo sem se despedir de ninguém, mas Salma, que ouvira toda a conversa no corredor dos quartos, chamou o neto.

– Não vá embora assim, meu filho. Acalme-se, por favor.

– Vó, já está difícil ficar sem as minhas filhas. Não quero que eles se metam na minha vida. Podem piorar tudo.

Laila e Munir foram para o quarto, bastante irritados.

– Eu nem sabia que você tinha saído de casa. Vamos – Salma apontou para a porta –, eu desço com você.

– Não. Você não está muito bem. Vai subir sozinha depois?

– Ela vai me buscar daqui a pouco. – Salma fez um sinal para Carmem.

Murilo continuava nervoso. Conversar com Laila sempre o deixava assim, fosse o assunto sério ou não. Salma pediu para se sentar e Murilo ficou ao seu lado, no banco do pátio. Ele se sentiu melhor em silêncio.

– Vó, obrigado por me acalmar.

– Sabe o que acho? – ela falou, levantando-se devagar. – Vá fazer o que mais gosta hoje. Vá tocar com seus amigos. Música é a sua alma, Murilo. Não deixe isso morrer nunca.

Ele a abraçou carinhosamente e esperou que Carmem descesse para ir embora.

Murilo já estava fora por mais de uma hora e não sabia se encontraria alguém no galpão, mas foi até lá, seguindo os conselhos de Salma. No caminho, passou na rua onde morava e sentiu uma sensação estranha. Sensação de que tudo havia mudado e de que ainda não sabia se o caminho tomado seria mais difícil do que o de antes. A reação de sua família o deixou desanimado, pois pensou no que teria de enfrentar daquele momento em diante.

A porta do galpão estava aberta, mas as luzes apagadas. Ele acendeu apenas a luminária da entrada, deixando o local pouco iluminado.

– Galego! Bruno!

Ninguém respondeu. O ambiente mais escuro não o incomodava, pois Murilo estava acostumado com as apresentações em bares e casas de show, onde era tudo menos iluminado sempre. Sentou-se à bateria, pegou as baquetas que estavam no chão, perto do bumbo, e passou a tocar. Começou num compasso mais lento. Então fechou os olhos e continuou com um pouco mais de vigor.

"Murilo", ele pensou ter escutado alguém chamando. Parou de tocar por um momento, mas logo prosseguiu. "Murilo", ele ouviu claramente dessa vez.

– Desculpe, assustei você?

O vulto se aproximou e, com a fraca luz, Sofia apareceu.

– Lua? Eu não esperava ver você. Achei que estivesse sozinho aqui.

– Eu entrei porque ouvi a bateria. A porta estava aberta.

– Tudo bem. Assim não fico sozinho neste lugar. Não gosto muito.

– Tem medo?

– Sinceramente, um pouco.

Sofia achou graça e se aproximou mais.

– Eu vim conversar com vocês sobre meu casamento.

– Eu já tinha convidado você outras vezes. É importante que venha aos ensaios.

– Mas a banda já foi embora, é melhor eu voltar outra hora. Desculpe o horário. Até mais, Murilo.

Ele permaneceu sentado, vendo Sofia sumir na escuridão do galpão.

– Lua! – Murilo a chamou, ainda à bateria.

Pouco tempo depois Sofia reapareceu e ele lhe pediu que ficasse mais um pouco.

– Outro dia, Murilo. Hoje, pelo que estou vendo, não vai ter ensaio.

– Vai, sim.

Ele se levantou e procurou alguma coisa na escuridão. Voltou para perto da luminária que estava acesa e Sofia o viu com um estojo nas mãos. Murilo o colocou no chão e abriu com cuidado, fazendo mistério para mostrar o que era.

– Não precisa esconder. Você se esqueceu de que eu tive um desses?

Murilo tirou o violino do estojo e o entregou a Sofia.

– Nossa! Faz muitos anos que não toco.

– Não tem problema. Você tocava de ouvido. Isso não se esquece, é só aquecer um pouco.

– Você deve estar brincando!

– Vamos tocar alguma coisa juntos.

– De jeito nenhum.

– Estou precisando de uma *jam session*.

Apesar do tom de brincadeira, Sofia notou que Murilo precisava mesmo de companhia.

– E se eu não me lembrar de nada?

– Pelo menos tente.

– Mas o que eu posso tocar?

– A de sempre.

– Não me lembro como começa, nem do tom.

Embora não fosse o vocalista da banda, Murilo sempre fora muito afinado. Sua voz não era grave como a de Galego, era mais suave. "*While you were out, the message says you left a number and I tried to call. But they wrote it down in a perfect Spanish scrawl*", ele cantou o início da música para Sofia pegar o tom. Os primeiros acordes foram surgindo, mas a bateria era o instrumento que reinava.

– Vai, Lua! – Murilo parou de cantar para animá-la a se soltar mais, sem deixar de tocar.

O violino começou a aparecer mais.

Sofia sempre se emocionava com aquela música, desde o dia em que a ouviu, em Monte Alto. Ela arrumou a postura para não torcer tanto o pulso. Facilmente se lembrou das notas, como Murilo havia previsto. O ritmo estava bem marcado pela bateria. Sofia caminhou até Murilo, subindo o alto degrau onde ficavam os instrumentos.

Sofia parecia flutuar. Seus gestos eram suaves e não muito precisos. Ela sentia poder se comunicar por meio do violino. Murilo foi aos poucos tocando menos, pois queria ouvir o som do violino, apesar de estar gostando de tocar com ela. Continuou batendo levemente as baquetas para marcar o ritmo, até que se ouviu somente o som das cordas do instrumento no galpão escuro. Admirado com Sofia, Murilo não tirou os olhos dela. No início, Sofia se inibiu, mas logo outro sentimento tomou conta, fazendo-a desejar que aquele momento de euforia permanecesse por muito tempo. Murilo, ainda a observando, voltou a acompanhá-la na bateria depois do solo. Seu rosto estava escondido na sombra. Sofia se aproximou mais um pouco para ver seus olhos. Assim passaram um tempo, repetindo o solo de Sofia, voltando ao início da música tantas vezes que nem perceberam quantas.

Sofia tomou a iniciativa de parar de tocar.

– Murilo, já é tarde. É melhor eu ir.

– Já?

– Já passa da meia-noite.

– Pra mim ainda é cedo.

– Você é um boêmio. Está acostumado com a madrugada.

– Mas acordo cedo. Levo minhas filhas para a escola cedinho. Ou melhor, levava.

– Então é isso? – Sofia começou a entender o que estava acontecendo. – Está saindo de casa, Murilo?

– Sim. Desculpe, não quero estragar esta noite com meus problemas. Você toca muito bem, Lua. Devia se dedicar mais à música.

– Não tenho tempo.

– Venha me visitar mais vezes. Assim, tocamos juntos.

Sofia estendeu os braços, entregando o violino para Murilo guardar no estojo.

– Obrigado. – Ele segurou as mãos dela.

– Por que está me agradecendo? – Sofia perguntou, tentando disfarçar o constrangimento que sentiu com aquele gesto.

– Foi uma noite muito especial. Me fez esquecer do que me chateava.

– Murilo... Você não estava feliz?

– Acho que não. Não sei explicar, mas sempre senti que faltava alguma coisa.

– Alguma coisa especial, mas que talvez nem exista.

– Exatamente. Uma ligação, uma conexão maior, de que talvez só ouvimos falar, mas que posso nunca sentir.

– Você desistiu disso?

– Não. Acho que é por isso que tive coragem de recomeçar.

Sofia soltou suas mãos das de Murilo.

– Preciso ir – ela lembrou.

– E você?

– O quê?

– É feliz? – ele perguntou.

– Sou, claro.

– Pra mim não está nada claro.

– O que você quer dizer? – Sofia não estava se sentindo confortável com a conversa. – Deixe eu ir. Depois conversamos mais. É bom que esteja tentando encontrar sua felicidade. Parabéns pela coragem.

– Acho que você não faria nada que magoasse alguém. Eu vejo em você uma necessidade de agradar a todos.

– Não é verdade. Não quero agradar a todos.

– Tem razão. Tem uma pessoa que você não pensa muito em agradar.

– Quem, Murilo?

– Você mesma.

14.

No cômodo vazio e bem iluminado pela luz natural que entrava através da ampla janela, Sofia olhou ao redor, tentando imaginar um berço ou uma mesa de trabalho para dar uma resposta para a arquiteta sobre o que fariam com aquele quarto ainda sem uso definido. Ela sentiu que não pertencia àquele lugar, exatamente como nas últimas vezes que estivera lá para dar uma olhada na obra. Sofia não se viu vivendo lá com Cristiano e filhos.

– Bom, deixei pontos de elétrica em todas as paredes, assim vocês podem decidir depois qual uso vão dar para este cômodo – Letícia comentou, percebendo que Sofia não sabia mesmo o que fazer com o quarto vazio. De qualquer modo, a obra precisava seguir o cronograma.

Como já passara das seis da tarde, o pessoal da obra precisou encerrar os trabalhos. Sofia ficou lá sozinha e circulou por todos os cômodos com tristeza. Ela entendeu que era isso mesmo que realmente sentia quando pensava em viver com Cristiano: tristeza. Contudo, ficou aliviada por finalmente compreender a verdade.

Da janela da cozinha, ouviu uma música alta. Então abriu a janela basculante e olhou para baixo, a fim de ver de onde vinha o som. No térreo, duas meninas dançavam ao som de um funk. Elas se divertiam tanto que conseguiram contagiar

Sofia, fazendo-a enfim sorrir. Ela se lembrou de novo de que a música era seu alento, um de seus únicos momentos de leveza e alegria. Por meio da música Sofia se sentia uma pessoa importante, sentia-se parte de alguma coisa, parte de um grupo. Tocando violino, ela se soltava, dialogava com Murilo.

Sofia sentiu mais uma vez aquela ansiedade gostosa para ouvir o som da percussão que invadia frequentemente seu quarto em Monte Alto, convidando-a para tocar a tarde toda.

15.

Sofia não conseguiu contar sua decisão a ninguém.

Ela não deixou de cumprir suas obrigações no trabalho e preferiu não ir para o escritório nem para casa depois da audiência, com medo de ver Cristiano em um desses lugares e de ter de discutir tudo de novo com ele. Ou pior, de ter de voltar atrás.

Na rua escura, Sofia estacionou o carro e entrou no galpão. A porta estava aberta, como sempre. O som aumentou à medida que ela se aproximava dos músicos, que logo a viram. Galego continuou a cantar e olhou rapidamente para Murilo, que sorriu para Sofia. Ela se sentou num caixote e ficou ali, até que a música terminou e eles a cumprimentaram, ainda no palco. Murilo foi o único que desceu para falar com Sofia.

– Que bom que você veio. Queria mostrar o arranjo que fizemos para a música da entrada.

– Não, hoje não, Murilo. Eu queria tocar violino. Posso?

Ele se afastou um pouco e observou Sofia, estranhando sua presença ali.

– Veio só para tocar violino?

– Sim, se for possível, é claro. Eu espero vocês terminarem o ensaio, não se preocupe.

– A gente só vai ensaiar para o seu casamento agora. Não demora muito.

– Então, pode encerrar por hoje. – Sofia estava decidida. – Não precisa mais de nenhum ensaio.

Murilo não perguntou mais nada e avisou aos músicos que podiam ir embora.

– Vou ver se ainda encontro a Tamara no hospital – Galego falou animado.

– Vocês combinaram alguma coisa? – Murilo perguntou.

– Não. E tenho que correr, porque não tenho o endereço da casa dela. Só sei onde ela trabalha.

– Pergunte para a Sofia. – Murilo pensou rápido.

– Prefiro fazer surpresa. Se eu pergunto pra Sofia – ele olhou para ela, conferindo se estavam longe o suficiente para que ela não ouvisse –, quem garante que ela não vai avisar a Tamara e contar que vou atrás dela? A gente se fala amanhã, Murilo.

– Posso apagar as luzes ou vocês ainda vão ficar por aí? – Bruno perguntou.

– Pode apagar as luzes do fundo, Bruno. Até amanhã – Murilo respondeu.

Ele fez sinal para que Sofia o aguardasse. Tirou o violino do estojo e o entregou a ela.

– O que vai tocar hoje?

– O de sempre – ela disse séria, ajeitando o instrumento debaixo do queixo. – Vamos, Murilo!

– Sim, senhora! – Ele entendeu o recado e sentou-se à bateria.

Foi Sofia quem deu início à canção, de uma maneira intensa. Murilo, ao admirá-la, se esqueceu de tocar. Ela se aproximou e ficou à sua frente, como se tocasse para ele. Envolvido com a música, ele finalmente a acompanhou com a bateria.

Sofia não se sentiu triste nem preocupada enquanto tocava, mas, sim, leve, aliviada.

– Lua, você está diferente. – Murilo queria entender o que estava acontecendo com ela.

– Percebeu meus olhos inchados?

– Não. Você está mais suave, mais tranquila. Nem vi que seus olhos estavam inchados. Por quê? Você chorou?

Sofia se sentou novamente no caixote e ficou em silêncio.

– Está acontecendo alguma coisa? – ele insistiu.

– Sim, está... Mas vamos falar de você. Parece preocupado.

– Ninguém notou, só você. – Murilo se sentou no chão, de frente para Sofia.

– Problemas em casa ainda?

– Sim. Problemas com a Betina.

– Ela está dificultando as coisas?

– Não consigo ver minhas filhas. Ela me impede de vê-las em casa. Ou melhor, na casa dela. Combinamos que eu buscaria Duda e Nina na escola, mas elas estão faltando às aulas. Não sei mais o que fazer.

Se quiser, posso ajudar você.

– Como?

– Sou advogada, esqueceu?

– É verdade. Mas a Betina não é uma pessoa fácil. Entrar na Justiça poderia atrapalhar ainda mais.

– Também acho que possa prejudicar o relacionamento de vocês, caso ela não esteja esperando por isso. Tente conversar com ela antes de tomar qualquer atitude.

– Eu bem que tento. O problema é que ela se esconde e se apoia nas meninas.

– Quando tem crianças envolvidas fica muito mais complicado. Mas, se precisar de ajuda, é só me dizer.

Ainda sentado ao lado de Sofia, Murilo se sentiu mais à vontade para conversar.

– Ninguém na minha casa estava feliz. Errei muito, sei disso, mas segurei muita coisa também. Sempre quis ficar longe de casa por isso. A Betina nunca me apoiou e nunca entendeu meu trabalho. Realmente não fui um bom marido. As meninas precisam de um ambiente melhor em casa.

– Acredito que você tenha tentado várias vezes que as coisas se ajeitassem, antes de tomar essa decisão. – O comentário de Sofia demonstrou que ela entendia o que Murilo estava sentindo.

– E você? Está com algum problema com o Cristiano?

Sofia balançou a cabeça, contando que não haveria mais casamento. Estavam cuidando do repertório musical da cerimônia havia poucas horas e agora Sofia dizia que a festa não aconteceria mais. Apesar de estar confuso e curioso, Murilo não perguntou mais nada.

– Dói ver que a vida que levamos não é a que queremos – ele resolveu falar depois de alguns instantes. – E eu aceitei isso por muito tempo – continuou –, mas precisei mudar.

– Eu também preciso me lembrar sempre disso. – Sofia se identificou com o que Murilo dizia. – Minha decisão foi tomada pensando no melhor para mim e, consequentemente, para o Cristiano também. Viver de mentira é mais fácil, mas agora vejo que não é o mais certo. Espero que eu esteja lúcida o suficiente para enxergar as coisas como elas são. – Ela olhou para Murilo e continuou. – Tenho medo de me iludir.

– Eu vivi muitos anos com esse medo, Lua. No meu caso, só piorei tudo esperando uma solução mágica. Se as pessoas não se empenham em enxergar as coisas como realmente são e em tomar as devidas atitudes, acabam vivendo assim pra sempre.

– Assim, do jeito que querem que vivamos?

– Do jeito que parece ser o mais certo – Murilo respondeu com poucas palavras, com medo de já ter falado demais. Ele não queria afastar Sofia com seus pensamentos ou seus problemas familiares. – Obrigado por me ouvir, Lua – ele disse, tentando encerrar o assunto.

Sofia sorriu e ficou olhando para Murilo.

– Você me disse que não tinha problema se eu a chamasse assim – ele lembrou. – Eu não consigo, de verdade, chamá-la de Sofia. Só quando falo de você para alguém é que...

– Tudo bem. No fundo, eu gosto. Agora gosto. Acho bonito esse apelido.

– Também acho bonito – Murilo disse. – Por isso combina muito com você.

Um pouco perturbada com o elogio, Sofia pegou na mão de Murilo, que estava estendida para ajudá-la a se levantar do caixote onde se sentara. De frente para ele, Sofia ficou com medo de que Murilo percebesse que ela tremia e soltou a mão da dele. No entanto, Murilo a segurou novamente e chegou mais perto para beijá-la. Aconchegada nos braços dele, Sofia se sentiu sem medo. No momento em que abriu os olhos, ela não teve como não pensar naquilo como mais um teste sobre se casar ou não, quando notou que a animação que sentia na adolescência ao ver Murilo havia voltado. Ele era o responsável por ela ter tomado coragem para mudar tudo, o responsável por transformar seus planos e por enxergar o que ela não queria.

– Não precisa ficar assim por causa de um beijo. Afinal, não é a primeira vez que isso acontece – Murilo brincou.

16.

Logo que saiu do carro, Tamara sentiu o coração acelerado quando viu Galego no estacionamento do hospital. Ele não a viu, estava de cabeça baixa digitando alguma mensagem no celular. Embora estivesse atrasada, foi até ele sem pressa.

– Galego! – Tamara o chamou, inclinando levemente a cabeça para ver seu rosto. – Você veio fazer algum exame? – ela brincou.

Tamara estava em cima da hora para passar visita a um paciente e sugeriu que fossem juntos até o térreo.

– É melhor você se identificar aqui na recepção. Dependendo do andar onde você vai, precisa de um crachá.

– Qual é o seu andar?

– Quinto.

– Lá precisa de crachá?

– Não. Só no andar da maternidade.

– Certo. Podemos subir de elevador? Esse lance de escada já me derrubou.

Sem entender muito bem, Tamara perguntou logo de uma vez.

– Veio me ver? – ela nem se sentiu constrangida ao dizer isso.

– Sim.

Ela sorriu enquanto apertava o botão do elevador. Tamara nunca foi tímida, mas, automaticamente, colocou as mãos nos bolsos do avental branco. Galego sorriu para ela, que se segurou para não desviar o olhar.

– Quero ver como é o seu dia.

– Ah, bem que eu gostaria que você ficasse aqui comigo o dia todo.

– Vim ver como você estava – ele disse, tirando um folheto dobrado do bolso de trás da calça. – Espero que vá.

Tamara abriu o folheto e sorriu quando leu o convite de gravação do DVD da banda Data Venia num show ao vivo.

– Vocês conseguiram! – Segurando o convite, ela abraçou Galego. – Estou muito feliz pelo sucesso de vocês.

– Não tive chance de contar pra você no dia da sua festa. Você vai?

– Não perco isso por nada!

– Doutora! – uma enfermeira chamou Tamara quando a viu chegar ao posto de enfermagem. – A paciente do 53 quer saber se mantém o jejum – continuou. – Ela está com muita fome.

– A que horas foi a cirurgia mesmo? – Tamara perguntou, tentando encontrar a informação na ficha da paciente.

– Bom... – Galego esfregou as mãos. – Vou deixar vocês trabalharem um pouquinho. Tami, queria muito ver você no show. Mas antes vamos marcar um jantar.

Tamara nunca pensou que encontraria um homem como Galego. Sempre procurou por alguém assim, que fosse mais direto. Apesar de Galego não a decepcionar nesse ponto, ela, estranhamente, sentiu-se um pouco intimidada com tanta segurança e atitude. Tamara sempre fora o ponto forte de seus relacionamentos, diferente do que estava acontecendo com Galego. Não conseguiram ficar sozinhos em sua festa, pois ela precisou dar atenção aos convidados e, sinceramente, nenhum dos dois se esforçou para conseguir um momento mais íntimo. Ficaram juntos no lual, quando se conheceram no navio, mas ela achou que não passaria disso, até aquela inesperada visita ao hospital. Imaginar como Galego poderia ainda a surpreender deixou-a na expectativa de um novo encontro.

Ele se despediu com um beijo no rosto e um rápido abraço. Ainda dentro do hospital, Galego colocou os inseparáveis óculos escuros.

– Ele é artista, doutora? – a enfermeira perguntou curiosa – Só pode! – ela mesma respondeu. – Tem o maior jeito de artista. A roupa, a voz, o corpo...

– Ele é músico, e dos bons.

– Põe bom nisso! – ela brincou, aproveitando a intimidade que sempre tivera com Tamara.

– Vamos cuidar da paciente do 53. Enquanto falamos bobagem, ela está lá, aflita, querendo saber se vai poder comer alguma coisa depois de tantas horas em jejum. Pegue os medicamentos e vamos falar com ela.

17.

Murilo buscou um pretexto para falar com Sofia novamente. Já fazia alguns dias que não se viam. "Preciso da sua ajuda como advogada", Murilo escreveu quando trocaram mensagens, já que ela hesitava em responder se aceitava o convite para jantar com ele.

Ansioso, assim que a viu entrando no restaurante, foi até ela.

– Você está linda.

Sofia estava nervosa com aquele encontro. Apesar de Murilo ter dito que seria para tratar da regularização de visita de suas filhas, ela sabia que as coisas estariam diferentes e, dependendo de como a noite transcorresse, seria mais certo que eles ficariam juntos novamente, já que o fim de seu noivado era real.

Sofia já comunicara a decisão definitiva a Cristiano e eles ficaram de resolver como e quando contariam aos familiares e amigos. Ele apenas pediu a Sofia que não dissesse nada a ninguém antes disso, por causa da internação de sua mãe. Se ela descobrisse por outra pessoa, seria ruim para sua recuperação. Cristiano não insistiu para Sofia mudar de ideia e aceitou rapidamente o que ela havia decidido, o que a fez estranhar sua reação.

Murilo falou pouco no início do jantar, deixando-a constrangida. Sofia também não sabia muito bem o que dizer. Sentia-se feliz por estar ali com Murilo e ao mesmo tempo assustada por causa da rapidez com que tudo mudava em sua vida.

– Como estão suas filhas? – ela perguntou.

– Podemos falar disso mais tarde?

– Como você preferir.

– É que fico triste com esse assunto e não queria estragar nossa noite. Vamos aproveitar o jantar e depois conversamos.

Sofia sorriu e continuou comendo. Ela elogiou o que Murilo havia escolhido no cardápio e o assunto acabou novamente.

Murilo limpou os lábios no guardanapo e se levantou para tirar Sofia para dançar. O restaurante era pequeno e não tinha pista para dança. Mesmo assim, dançaram jazz ao lado da mesa, sem se importarem com os olhares dos outros clientes do local. O calor do corpo de Murilo fez a respiração de Sofia acelerar. A luz reduzida, a música e o perfume de Murilo fizeram Sofia não querer mais sair do lado dele. Aquela emoção tão constante em sua juventude era novidade na vida adulta. Sofia nunca havia sentido isso por outro homem, a não ser pelo próprio Murilo, mas dessa vez de uma forma mais madura e real.

– Sobre minhas filhas, prefiro falar sobre esse assunto amanhã ou depois – Murilo achou melhor explicar. – Sair com você me fez tão bem... Quero aproveitar a noite.

Na saída, enquanto aguardava o manobrista trazer o carro de Sofia, Murilo a convidou para esticar a noite num bar próximo dali.

– Eu queria ficar mais perto de você, num lugar onde pudéssemos conversar sem prestarem muita atenção em nós dois. Aqui no restaurante as mesas ficam muito grudadas. – Murilo sentiu que Sofia estava insegura e disse que poderiam deixar para outro dia se ela preferisse.

– Não – ela respondeu rapidamente, surpreendendo Murilo. – Vamos hoje. Eu sigo você?

– Preciso de carona. Vim a pé da casa do Galego.

À porta do bar, o manobrista fez sinal para pararem, mas Murilo mudou de ideia.

– Lua – ele esperou que ela o olhasse e continuou, um pouco sem jeito –, você se importa se não ficarmos aqui?

– O que foi? – Sofia não estava entendendo.

– Vamos para a casa do Galego?

Apesar de não ter mais nenhum compromisso com Cristiano, Sofia achou que precisava de mais tempo para dar o passo seguinte. Afinal, para toda a família e para os outros convidados, o casamento ainda aconteceria.

– É melhor ficarmos por aqui.

– Está com medo de mim? – ele brincou.

– Pensando bem, é melhor irmos pra lá. É tudo muito recente... Podemos encontrar alguém conhecido nesse bar. O lugar está lotado.

Sofia pensou em como seria bom já ter contado a todos que não ia mais se casar.

Chegando à casa de Galego, Sofia, a pedido de Murilo, o acompanhou até a cozinha para abrirem um vinho.
– Tem uma torta de morango na geladeira. Você gosta? Não comemos sobremesa...
– Gosto. Quer que eu pegue?
– Por favor. Está na prateleira de cima, numa embalagem.
Sofia abriu a geladeira e elogiou a organização.
– Se fosse pelo Galego, estaria tudo diferente, pode acreditar. Ele nem joga fora o que está vencido.
– Eu sei como é. Também não sou muito atenta a isso. Morar com os pais aos trinta dá nisso. Minha mãe faz tudo.
– Que saudade de quando eu tinha tudo arrumadinho na casa da minha mãe. Bem, só disso mesmo eu sinto falta – eles riram –, e da minha avó. Morar com a minha mãe não é fácil.
– E seu pai?
– Ele também é complicado. É mais quieto, mas, quando fala, nunca concordamos.
Os dois foram para a sala e acomodaram tudo na mesinha de centro. Sentaram-se no chão, lado a lado, sobre as almofadas soltas que tiraram do sofá.
– O clima da sua casa é bem melhor do que o da casa da minha mãe, com certeza.
– É, vivemos bem juntos. Só dá confusão com a Laura de vez em quando, mas passa logo.

– Pena que não tenho irmãos. Acho que ajudaria a dividir as atenções.

– Você e o Galego se dão muito bem, não é? Vejo que você se sente em casa. Até eu estou super à vontade aqui.

– Ele é um irmão pra mim. Posso contar com ele sempre.

– Ele te apoia na separação?

– Ele nunca gostou muito da Betina. Sempre me abri com ele e a gente acaba passando mais o lado negativo da pessoa quando desabafa, não tem jeito.

– Acho que está tarde. Melhor pararmos por aqui. – Ela fez sinal para que ele não adicionasse mais vinho à sua taça.

– É isso mesmo que você quer? Parar por aqui?

Sofia entendeu o que ele quis dizer. Seu silêncio comprovou sua tensão.

– Desculpe eu ter falado assim – Murilo disse.

– Não, tudo bem. Eu que peço desculpas, Murilo. É muita coisa acontecendo de uma vez. Não que eu não queira ficar com você nesta noite, mas prefiro deixar as coisas acontecerem naturalmente, quando eu me sentir mais segura.

– Eu entendo. Sou um pouco diferente, mais impulsivo, mas respeito muito seu jeito de levar as coisas.

– Você faz tudo parecer mais simples. Gosto do seu jeito tranquilo.

Murilo sorriu e acariciou o rosto de Sofia.

– Mas também gosto do seu jeito impulsivo – ela continuou.

Ele se aproximou e a beijou. Sofia se soltou um pouco mais, colando o corpo ao de Murilo, retribuindo o beijo. Ela tentou se esquecer de que faltavam apenas algumas horas para ter de resolver seus problemas e de que precisaria ter coragem para isso, mas não conseguiu. Era esse o motivo que mais a inibia naquela noite que tinha tudo para ser marcante, inesquecível.

Delicadamente, Murilo se afastou. Ele compreendeu que não era o momento certo para insistir.

– Esta casa parece de músico mesmo – Sofia comentou após se levantar para percorrer a sala e iniciar uma nova conversa. As paredes escuras e os móveis improvisados davam esse toque de casa de artista. Além de vários instrumentos espalhados pela casa, que também tinham função decorativa. – Isso é um diploma de advogado?

– É, sim – Murilo contou se divertindo. – Galego o expõe para despertar a curiosidade de quem vem aqui. Não tem nada a ver, não é?

– Nada mesmo. Eu não sabia disso. Nunca vi o Galego advogando por aí nem na época da faculdade, nos Jogos Jurídicos.

– Ele nunca exerceu a profissão e se formou bem antes que você. Ele é uns seis anos mais velho que a gente.

– Então o nome da banda, Data Venia, vem da profissão dele...

– Exatamente. A banda começou quando Galego e Bruno estavam na faculdade de Direito.

– É um ótimo nome para uma banda de rock.

– Pop rock... – Murilo a corrigiu.

– Sim, desculpe. Data Venia... Respeitosamente, permita-me discordar.

– Sofia, quer cantar? – Murilo aproveitou que estavam falando sobre a banda.

– Eu não canto, Murilo!

Ele pegou o violão que estava preso a um suporte na parede cor de chumbo e sentou-se numa rede que Galego tinha na sala.

– É tão estranho... – Sofia falou. – Passar mais tempo ouvindo música ou tocando muda completamente o meu humor. Me faz tão bem.

– Por que deixou de tocar por tanto tempo? – ele perguntou enquanto afinava o violão.

– Me fazia pensar em coisas que eu não queria. Fazia mal pra mim. – Sofia observou a reação de Murilo com sua resposta e continuou. – Além disso, eu não tinha tempo quando entrei na faculdade, e depois foi ficando pior, fiquei cada vez mais ocupada.

– E aquilo em que você não queria pensar, ainda te faz mal?

– Não... Não me faz mal algum.

Murilo apoiou o violão na poltrona ao lado da rede e se levantou. Quando chegou mais perto de Sofia, ela tocou seu rosto e não se afastou quando ele a beijou.

Era incrível para Murilo como ela se transformara numa mulher que, desde o momento em que a havia reencontrado, permanecera em seus pensamentos, despertando curiosidade sobre quem ela se tornara depois de tantos anos sem se verem. A menina de Monte Alto, que nunca havia despertado nele nenhum interesse além da parceria na música, agora o prendia de uma forma inexplicável.

– Lua... – ele falou enquanto pensava em como haviam se reencontrado de forma inesperada e ao mesmo tempo tão fantástica, no momento em que os dois pareciam precisar um do outro.

Ela não pensou em mais nada e se despiu. Então ajudou Murilo a tirar a camiseta e o beijou como se pudesse, em apenas uma noite, saciar o antigo desejo que sentia por ele.

18.

O encontro que Sofia havia marcado com Tamara e Laura não era mais uma despedida de solteira, como sua irmã pensava. Sofia precisava contar a elas o que estava acontecendo de verdade. Laura foi buscar Tamara no hospital e depois foram juntas ao clube. Sofia as esperava perto da piscina.

– Vamos dar uma esticadinha depois? – Tamara chegou abraçando Sofia.

– Não, eu queria mesmo só conversar com vocês.

Tamara suspeitou do que poderia se tratar aquela conversa e lançou um olhar para a amiga, que entendeu que ela queria uma confirmação de que enfim se decidira.

– Acho que já chega de festinhas para a Sofia. Ela nem gosta muito – Laura falou.

Tamara deu a ideia de ficarem mais um pouco à beira da piscina. Sofia não esperava ter que passar tanto tempo assim no clube. Queria somente tomar alguma coisa no bar e ir embora para casa. Sabia que Cristiano nunca iria ao clube àquela hora, às sextas, mas não queria correr o risco de encontrá-lo.

Tamara tirou do bolso o convite que Galego lhe dera e mostrou às amigas. Laura era a única que não sabia do show. Murilo e Galego também tinham convidado Sofia, que ficou de avisar a irmã, mas se esquecera.

– Vocês vão? – Laura perguntou. – A dois dias do casamento, acho que pra Sofia fica difícil.

– Eu vou, sim – ela respondeu. – Eles estavam dispostos a me ajudar, tocando no casamento.

– Dispostos a ajudar? Mas o Cristiano não os contratou? – Laura ficou confusa.

– Sim, é verdade. Ainda tem isso. Acho que merecem ficar com o sinal que o Cristiano deu a eles – Sofia pensou alto.

– Sofia, teve algum problema com a banda? Faltam poucos dias e eles já ensaiaram tanto – Laura falou.

– Nem a banda dos meninos nem outra banda qualquer vai tocar no meu casamento.

– Preferiram contratar um DJ? É uma ótima ideia, mas não pega mal com os meninos você fazer isso assim, tão perto do dia? – Laura se preocupou.

Sua irmã não iria aceitar bem a notícia de que não haveria mais casamento, Sofia já percebera. Ela poderia contar aos pais de uma forma ansiosa e descontrolada, tornando tudo pior. Sofia ficou sem saber se seria pior Laura contar a eles que ela não se casaria mais, aos gritos, ou simplesmente não falar nada e não comparecer à cerimônia, deixando cada um tomar as próprias conclusões.

– Sofia! – A voz de Cristiano assustou as três. – Sofia, preciso falar com você.

Cristiano estava do outro lado da piscina. Sofia se levantou, com medo de que ele fosse até lá e tocasse no assunto na frente de Laura e Tamara. Foi ela quem caminhou até ele, com pressa.

– Não fale nada para ninguém ainda – Sofia pediu a ele.
– Não comente nada, por favor. Preciso achar um jeito de dar a notícia.

– Que bom que não disse nada ainda. Nem vai precisar.

– O quê?

– Não é fácil mesmo. Fizemos muitos planos juntos. Sofia... quer se casar comigo? – Ele pegou em sua mão e a surpreendeu.

– Não faça isso. Já conversamos tudo o que tínhamos que conversar.

– Vamos começar tudo de novo. Eu quero você, Sofia. Faço qualquer coisa para ficarmos juntos. Uma já fiz hoje.

Aflita, Sofia olhou para Tamara e Laura, que observavam tudo, mas sem conseguirem ouvir nada. Tamara estava apreensiva, querendo mais detalhes da conversa que não tinha terminado.

– O que você fez?

– Eu saí do banco. Pedi demissão.

A notícia abalou Sofia. Isso demonstrava que Cristiano queria mesmo mudar as coisas entre eles. O banco era a vida dele.

– Você nunca faria isso.

– É verdade! Eu saí do emprego que me afastou de você. Foi a minha carreira que atrapalhou tudo, Sofia.

– E você desempregado vai ficar mais feliz? Isso atrapalharia ainda mais.

– Não vou ficar desempregado. Vou arrumar outra coisa pra fazer, que me deixe nesta cidade, ao seu lado. Não quero mais viajar.

– Você se precipitou. Não devia ter feito isso.

– Pensei que fosse gostar da minha atitude.

– Não, não gostei nem um pouco.

– Eu sei que agora já pode ser um pouco tarde para voltarmos a ter o que tínhamos, mas quero pelo menos tentar salvar nosso relacionamento. Não quero e não posso desistir de você assim tão fácil, a poucos dias do casamento.

– Pensei que já tivéssemos resolvido tudo, Cristiano. Não é abrindo mão do que mais ama fazer na vida que vai dar certo.

– Mas foi um gesto, como uma prova de que quero ficar com você.

– Reconheço seu esforço, mas não...

– Mas não garante que isso vá resolver nossa questão – ele completou, abatido. Sofia baixou a cabeça e não falou mais nada. – Deixe eu te dizer uma coisa. – Cristiano pegou em seu ombro. – Eu sei que não vou convencer você agora de que tudo vai dar certo, mas eu garanto que estou disposto a reverter a situação.

19.

A dois dias da cerimônia, Sofia estava muito mais nervosa do que estaria se tudo corresse conforme planejado há tantos meses. Cristiano foi encontrá-la para conversarem. Beatriz o recebeu e conversou com ele na sala até Sofia aparecer.

– Estou ansioso para ouvir o que decidiu.

– Não sei mais o que dizer a você – ela falou, aceitando as flores que ele havia levado. – Fizemos tudo errado. Deixamos para avisar todo mundo na véspera. Ninguém vai entender.

– Então está realmente decidida?

– Sim – ela nem pensou para responder. Cristiano notou que foi uma resposta sincera. – Deixe que eu aviso as pessoas. Ou se preferir posso pedir para alguém fazer isso.

– Não! Não diga nada a ninguém. Já que esperamos até agora, podemos deixar isso para amanhã – Cristiano pediu.

– Não quero que você pense que vou mudar de ideia. – Sofia olhou para baixo e respirou fundo, de olhos fechados.

– Pedi para avisarmos todos amanhã para não estragarmos a festa de aniversário da minha mãe. Ela já saiu do hospital e, como você não telefonou para ela durante o dia, imaginei que não fosse aparecer na minha casa. Tive que mentir que você não estava se sentindo bem, pois não entenderiam sua ausência no jantar de hoje.

– Você acha mesmo que eu iria a esse jantar? Para mim... – Ela tentou escolher as palavras para amenizar seu significado tão doloroso. – Para mim, já está tudo resolvido, Cris. Não tem mais o que discutir. – Sofia analisou a reação de Cristiano, que parecia querer dissuadi-la por meio de um olhar melancólico. – Eu não liguei para a sua mãe porque não ia conseguir mentir. Fiquei sem saber o que fazer – ela continuou.

– Amanhã avisaremos nossas famílias. Só amanhã – ele pediu novamente.

– Não, vamos cuidar disso o mais rápido possível. É melhor assim. – Sofia já estava sem paciência.

– Por favor, Sofia. Por tudo o que passamos juntos... Faça isso por mim. Eu preciso me preparar. Não tenho como fazer isso agora.

– Eu aviso minha família e amigos agora e você faz isso quando achar melhor – ela decidiu.

– Não, por favor, eu estou pedindo. Se você contar pra alguém, meus pais vão saber e vão me cobrar uma explicação.

– Mas você vai ter que falar sobre isso poucas horas depois. Qual é a diferença?

– Já que não quer se casar comigo, podia ao menos fazer isso por mim, deixar para amanhã – ele falou e se despediu.

Para Sofia, ficou claro que Cristiano ainda tinha esperança de que ela mudasse de ideia.

Tamara chegou para buscá-la. Elas haviam combinado de irem juntas ao show da Data Venia.

– Você não contou tudo no clube, não é? Não vai mais ter casamento, Sofia?

– Não, Tami. Minha decisão está tomada.

– Quando vai contar aos seus pais?

– Era isso que eu estava discutindo com o Cristiano. Ele não quer que eu conte nada hoje. Ninguém sabe de nada. Só você e o Murilo estão sabendo. – O nome dele saiu sem pensar.

– Eu sabia. Você e o Murilo....

– Eu e o Murilo estamos mais próximos – Sofia achou melhor assumir de uma vez.

– Foi por causa dele, então?

Sofia já tinha a resposta. Ter reencontrado Murilo mexeu muito com ela e foi um fato decisivo para que tivesse coragem de mudar toda sua vida.

Murilo e Sofia não se viam desde a noite que passaram juntos. Ele não sabia que a notícia ainda não tinha sido dada e, caso fizesse algum comentário perto de Laura, ela não saberia como explicar por que Murilo fora o primeiro a saber de tudo. Mas depois, imaginando que ele não teria tempo nem para conversar com os amigos por causa do show, ela se acalmou.

Ao chegarem, encontraram Laura na bilheteria, conforme tinham combinado. Ela havia ido sozinha, direto do trabalho. A casa de shows estava lotada. "Melhor assim", pensou Sofia. Murilo não teria mesmo tempo para falar com ninguém. Era possível que nem conseguissem se cumprimentar naquela noite. Apesar de aliviada, Sofia lamentou perceber que Murilo poderia nem notar que ela tinha ido assistir ao show.

– Você está linda! – Laura elogiou a irmã. – E o Cristiano? Ele não quis vir? – ela estranhou.

– Não, ele tinha um compromisso. – Sofia achou melhor não contar sobre o aniversário da sogra. – Vamos dar uma volta e ver se encontramos alguém.

– Tenho uma ideia melhor – Tamara falou. – Vamos até o camarim.

– Será que dá? – Laura ficou animada.

– É melhor não fazermos isso, podemos incomodá-los. Eles precisam se concentrar – Sofia não queria falar com Murilo perto delas.

– Se eles não puderem receber visitas, vamos saber logo.

– Vão vocês. Eu fico – Sofia falou, mas logo mudou de ideia, pois pensou que poderia ser pior se não estivesse junto. Se Murilo comentasse algo perto de Laura, pelo menos poderia fazer algum sinal a ele ou disfarçar de algum modo se estivesse presente.

Para não se perderem umas das outras, andaram juntas, com dificuldade, tentando encontrar espaço na pista já bastante cheia. Tamara conversou com um segurança que estava perto do palco. A música muito alta não o deixou ouvir o que ela dizia da primeira vez. Tamara então falou ao seu ouvido e o segurança balançou a cabeça. Ela mostrou o convite que recebeu de Galego, mas não adiantou.

– Sou noiva do Galego! – ela gritou, olhando a seguir para as amigas.

O segurança perguntou seu nome e, pelo rádio, falou com Diego, que liberou a entrada delas no camarim.

– Precisava disso? – Laura perguntou a Tamara. – E se o Galego descobre que falou essa bobagem?

Sofia e Tamara se olharam e riram.

– O que está acontecendo?

– A Tamara não está noiva do Galego, mas tem certa intimidade com ele pra dizer o que bem entende.

– Estão saindo ainda? – Laura ficou surpresa.

O corredor que levava até o camarim era mal iluminado. Havia uma aglomeração ao fundo, o que as fez deduzir que os músicos estivessem ali.

– Tem muita gente. Não vão poder falar conosco. Vamos deixar para o final do show – Sofia disse.

– No fim vai ser pior – Tamara discordou. Ela pediu licença a quem estava parado à porta do camarim e puxou Laura pelo braço. Sofia as acompanhou.

No camarim estavam os músicos e alguns familiares, Diego e algumas pessoas da gravadora. Laura e Sofia ficaram quietas num canto, enquanto Tamara se aventurou a procurar Galego pela sala barulhenta. Ela já havia sumido no meio das pessoas quando ele apareceu.

– Eu sabia que vocês iam aparecer. Valeu, meninas! – Ele as abraçou muito animado.

– Nossa, que bonito que você está! – Laura elogiou.

– Figurino de show é assim. – Ele deu uma voltinha, brincando com ela. Galego vestia uma calça de couro bem justa no corpo e uma camiseta branca, também justa. – E a Tami?

– Foi procurar você.

– Vem comigo – ele falou. – Tá todo mundo lá atrás.

Tinha um lugar mais reservado, com dois sofás e algumas poltronas, onde Tamara conversava com Murilo. Ele sorriu quando Galego avisou que Sofia e Laura estavam lá. Olhou para elas e acenou, cumprimentando-as. Laura foi abraçá-lo. Sofia ficou onde estava, sem coragem de ir até ele, observando de longe. Laura estranhou e a chamou.

– O que foi?

– Tem muita gente aqui – Sofia respondeu.

– Você não cumprimentou o Murilo. Vamos lá. A família dele está aqui.

Sofia ficou mais nervosa, mas não podia mudar seu jeito de agir com Murilo, pois talvez notassem que havia algo estranho entre eles.

No momento em que Murilo ia abraçar Sofia, Nina pulou no colo do pai. Duda veio logo atrás.

– Que bom que vocês vieram! – Murilo não via as filhas fazia muitos dias. – Sua mãe deixou vocês virem?

– A gente veio com a vovó.

– Mãe, você se lembra da Laura e da Sofia? – ele arriscou uma conversa com Laila, com quem não falava desde que haviam discutido.

– Nossa! Que lindas que vocês estão! – Ela as abraçou. – E seus pais? Morro de saudade dos meus vizinhos.

– Nossos pais estão muito bem. Vão ficar felizes quando contarmos que vimos você. E o tio Munir?

– Ele não veio. Não aguenta música muito alta. Eu também não, mas precisei trazer minhas netas.

– A mãe delas não vem? – Laura perguntou sem saber o que estava acontecendo entre Betina e Murilo. Sofia não havia comentado nada com ela sobre a separação.

– Eles se separaram – Laila contou.

– Puxa, que pena – Laura lamentou por eles.

– É uma pena mesmo. Essas meninas estão sofrendo. Era uma família linda, com tudo para dar certo.

Sofia se incomodou com a conversa, mas Murilo, que estava conversando com as filhas, não podia ouvir o que Laila dizia.

– Olha só como as meninas estão carentes, sentindo a falta do pai. – Laila apontou para elas.

– Mas será que eles não voltam? – Laura perguntou.

– Espero que sim. Não podem destruir essa família por causa da imaturidade do meu filho. Eu e o Munir estamos sem falar com ele e vamos fazer isso até que ele caia em si.

– Dá pra ver que as meninas adoram o pai – Laura comentou, vendo Murilo brincar com as filhas.

– Eles eram felizes? – Sofia perguntou, muito curiosa. Ela queria saber se o que Murilo havia dito a ela era verdade ou se tinha um outro lado da história.

– Sabe, Sofia, eu acho que essa busca pela felicidade, pelas ilusões da vida, dentro ou fora do casamento, não pode contar mais do que a união da família. Quem se casa deve saber quais são as prioridades, mas o Murilo se perdeu. As crianças precisam dos pais juntos.

Sofia ficou o tempo todo observando Murilo com as filhas. Só voltou à conversa quando Salma apareceu.

– Vó Salma! – Laura ficou feliz por revê-la depois de tantos anos.

– Oi, menina! – Ela sorriu para Laura. – Quem é você mesmo?

– Sou a Laura e ela é a Sofia. Somos filhas do Reinaldo e da Beatriz, lá de Monte Alto.

– Nossa! Desculpem não as ter reconhecido. Vocês cresceram tanto.

– Mas a senhora é teimosa mesmo! – Laila interrompeu. – Acabou vindo com quem?

– O Munir me trouxe. Entramos pelos fundos.

– Conseguiu fazer o Munir vir?

– Eu disse a ele que eu não podia perder esse show. É o dia mais importante da carreira do Murilo. Eu queria ver ao vivo, não no DVD.

– Que saudade da nossa casa em Monte Alto. Eu vi a senhora e me deu saudade – Sofia falou emocionada, alisando os cabelos bem brancos e ralos de Salma, que sorriu para ela.

– Mas e o Munir, onde está? – Laila perguntou.

– Ele está com o Murilo – Salma respondeu. – Ele entendeu que precisam esquecer o que aconteceu, pelo menos nesta noite. Mas e vocês? Como vão? Estão tão bonitas.

– Estamos muito bem – Laura respondeu. – A Sofia vai se casar depois de amanhã.

– Meus parabéns! Espero que seja feliz. – Salma pegou na mão de Sofia.

– Sua mãe deve estar muito feliz com o seu casamento – Laila comentou. – A Laura ainda está solteira? Você é a primeira a se casar?

Sofia deixou as respostas por conta da irmã, pois queria evitar o assunto casamento.

– Vem cá – Murilo chamou Sofia. – Quero apresentar as mulheres da minha vida pra você.

Salma fez sinal para Sofia ir com Murilo, quando ela pediu licença para sair da conversa. Laura continuou conversando com Laila, mas não deixou de notar uma intimidade maior entre Murilo e a irmã.

– Nina, Duda, essa é a Sofia, uma amiga do papai. Somos amigos desde que tínhamos a idade de vocês.

– Sério, pai? – Duda perguntou.

– Não, não é nada disso – Sofia falou. – Somos amigos desde que éramos bem mais novos que vocês duas. Eu devia ter uns três anos.

– E você, pai? – Nina ficou curiosa.

– Eu também.

– Como o meu pai era?

– Ah, ele era um chato – Sofia falou, fazendo Duda e Nina rirem. – Sabe aquele menino que perturba, que ri de todo mundo, que enche a professora?

– Como o Guilherme da minha classe! – Nina falou, apontando o dedo para o pai.

– E o Guilherme é bonitinho, aposto! – Sofia falou.

– É! – Nina concordou, envergonhada.

– Esse é o pior tipo. Os bonitinhos e danados.

As duas se divertiam com a conversa.
– O papai era assim?
– Era. – Sofia sorriu para Murilo.
– Meninas, vão lá com a vó Salma. Ela está sozinha naquele sofá, precisando de companhia – Murilo pediu. Então beijou as filhas e levou Sofia para um canto da sala.
– Está tudo bem? Você parece um pouco tensa.
– Está tudo bem. – Sofia não quis conversar sobre eles numa noite tão especial para Murilo, perto da família dele.
– Fiquei feliz porque você veio. Eu ficaria decepcionado se não visse você aqui.
– Murilo – Galego o chamou. – A Betina está aqui – disse, tentando preparar o amigo.

Betina estava muito bem vestida, segurando um buquê de flores do campo. Seus cabelos ruivos estavam soltos. Percebendo que Murilo não sabia como agir, Sofia se afastou e se juntou a Laura novamente. Seu medo era de que Murilo comentasse o que tinha acontecido entre eles perto de Laura, mas conhecer as filhas dele, ver a ex-mulher lhe trazer flores e ver a revolta de Laila com a separação do casal a assustou mais ainda.

O show já ia começar. Os convidados foram levados aos camarotes e os músicos ficariam os últimos minutos sozinhos no camarim, para a concentração do grupo, exceto Murilo, que insistiu em falar com Sofia.

– Eu queria que você soubesse que a presença da Betina aqui não quer dizer nada. Ela veio para mostrar que não quer mais brigar comigo e pelas meninas. Está feliz por mim, finalmente. Ela nunca acreditou no meu trabalho e agora viu...

– Você não precisa se explicar tanto assim.

– Nosso beijo no galpão... nossa noite na casa do Galego... Pra mim foi muito importante. Eu quero ficar com você, Lua. Agora que não vai mais se casar, quero que me dê uma chance. Espero que o fato de eu ter filhas e uma ex-mulher não complique as coisas para nós.

Sofia o abraçou com força. Muitas coisas passaram por sua cabeça e ela sentiu uma grande tristeza, como se de repente tivesse tido um vislumbre mais realista do que estava acontecendo.

Ela não quis dividir com Murilo naquela hora o que passava por sua cabeça, para não atrapalhar o show e estragar um momento tão importante para ele. De repente, sentiu-se tola ao querer ser feliz à custa da tristeza de outras pessoas que nada tinham a ver com a sua história. Murilo ainda tinha tudo para ser feliz com sua família, estava claro para Sofia.

O caminho para ela era o da renúncia de Murilo, pois fazer tantas pessoas sofrerem em nome desse amor que ela julgou egoísta não era o que Sofia pretendia. Ela ficou mais confusa do que já estava e resolveu viver no presente, esquecendo o passado que nunca teve condições de virar verdade.

Parte 3

1.

11 meses depois

O coral começou a cantar assim que os primeiros casais de padrinhos passaram pelo carpete verde-escuro que marcava a nave até o altar. Sofia permaneceu imóvel. Sua relação com a música era de amor e ódio. Quando mais jovem, foi a música que trouxe a ela mais segurança, mostrando que podia tocar um instrumento e se emocionar, mesmo que escondida, sem mostrar essa sensibilidade às pessoas. Mais tarde, evitar ouvir música a protegeu de alguns sentimentos. Agora, a música trazia sensações incômodas de recordações sem forma, sem rosto.

    Ela atravessou o salão sob muitos olhares curiosos. As pessoas observaram cada passo, cada gesto de Sofia, que não olhou para os lados, fixando o olhar no altar. Galego era seu ponto focal. As conversas sobre as músicas da festa do seu casamento com Cristiano voltaram à sua mente, assim como a imagem de Galego naquela viagem de navio, quando se conheceram. Ela se sentiu zonza ao se aproximar dele, que percebeu sua palidez e foi ajudá-la a subir ao altar.

    – Está tudo bem? – ele perguntou. Sofia afirmou apenas com um rápido sorriso. – Que bom que você se recuperou. – Ele a abraçou e voltou para seu lugar.

A tradicional Marcha Nupcial começou a tocar. Sofia ficou arrepiada. Cristiano, que estava sentado num dos últimos bancos, olhava atento para ela. Todas as dúvidas que a atormentavam na época do acidente estavam novamente presentes. Para ela, a ocasião não era exatamente de felicidade como era para Tamara, que caminhava bastante calma e sorridente até o altar. Seu vestido tinha um caimento mais colado ao corpo. Os cabelos curtos e loiros estavam bem penteados para trás, formando um discreto volume na parte da frente, presos por uma faixa delicada de pérolas em sua testa. A única joia que a noiva usava era um par de brincos de brilhante, como pontos de luz.

Galego estendeu a mão para Tamara, que não escondia a alegria com os olhos espremidos de tanto sorrir.

A bênção foi breve e os noivos participaram dizendo algumas palavras um ao outro. Galego declarou que, apesar de ter tido certeza de que havia encontrado uma mulher especial quando a viu pela primeira vez naquele navio, nunca imaginou que ela o levaria ao altar.

– Altar também nunca fez parte dos meus sonhos – era a vez de Tamara falar –, mas confesso que agora entendo quem sempre sonhou com isso. Estou me casando hoje porque encontrei você, e não apenas por me sentir pronta para um casamento, para uma mudança maior na vida. Nem sempre a pessoa que está ao nosso lado quando nos sentimos prontos para esse tipo de mudança vai nos mostrar o significado tão evidente, mas que muitas vezes não enxergamos, das coisas mais simples da vida, do que é importante de verdade. Você fez isso por mim.

– Na presença de Deus, de sua família e de seus amigos, eu pergunto: Tamara, você aceita Odilon por seu esposo, para viverem juntos...

– Me chame de Galego, por favor – o noivo interrompeu a cerimônia. Os convidados fizeram comentários, alguns riram, inclusive Tamara.

– E você, Galego – o celebrante continuou, depois do "sim" de Tamara –, aceita Tamara por sua esposa, para viverem juntos segundo o mandamento de Deus no Santo estado do matrimônio?

– Sim.

Sofia observava tudo aquilo, aflita com tantas recordações não tão bem-vindas a ela.

2.

Os convidados foram conduzidos à área externa, onde os noivos aproveitaram para tirar fotos.

– Venha, Sofia! – Tamara chamou a amiga, que estava sozinha. Galego e Tamara pediram licença ao fotógrafo e aos amigos que estavam posando para as fotos e foram conversar com Sofia, que parecia pálida. – O que aconteceu? – Tamara estava preocupada.

– Não estou me sentindo bem.

– Suas mãos estão frias. Vamos entrar – Tamara sugeriu.

– Sofia, está tudo bem? – Cristiano apareceu preocupado. – Laura levou você para falar com os noivos e não voltaram mais. Eu estava procurando vocês. Sua irmã a deixou sozinha?

– Eu não me senti bem e vim me sentar um pouco.

– Vamos, Tami. Sofia está melhor. – Galego a levou pela mão.

– Não gosto de ter que cumprir obrigações de noiva – Tamara reclamou quando já estavam longe de Sofia. – Eu queria poder conversar com ela. Já sabíamos que este dia poderia trazer muita coisa de volta.

– Vamos só terminar essas fotos – Galego pediu, preocupado com os convidados e padrinhos que esperavam por eles.

Cristiano levou Sofia para se distrair, dar uma volta ao redor do espelho d'água.

– Coma alguma coisa.

– Não estou com apetite.

O pior para Sofia era sentir emoções sobre as quais ela não tinha controle algum. Tudo vinha de uma vez, sem que ela pudesse fazer nada ou se preparar para reagir. Com o olhar atormentado, estava atenta a tudo, em alerta, na tentativa de se proteger de novos fatos que pudessem surpreendê-la. Havia uma semana que ela sabia exatamente o motivo de tanta agonia toda vez que via Cristiano.

Ela se lembrara. Quase tudo tinha voltado para Sofia, sua paixão recente por Murilo, a sensação reconfortante da voz dele enquanto ela estava em coma e podia ouvi-lo. Tudo sem Murilo por perto.

Sofia achou melhor não comentar com Tamara que as lembranças de Murilo e o que sentia por ele, assim como a crise com Cristiano, estavam bem frescas em sua memória. Seria mais fácil conseguir pensar em tudo aquilo sem precisar responder a muitas perguntas ou ter de tomar decisões. Ela queria paz.

Cristiano tentou conversar sobre outras coisas para distrair Sofia, que estava visivelmente alterada. Enquanto ele falava, as vozes das pessoas que passavam perto deles, as risadas e a música que tocava durante o coquetel a atordoaram. Aquela imagem insistente da luz vermelha girando rapidamente ainda assombrava Sofia.

O gramado pouco iluminado a atraiu por estar vazio. Caía uma fina chuva e ela segurou a barra do longo vestido azul-claro para não o sujar. Seu salto afundou na grama molhada, mas ela não se importou. Admirando as lanternas marroquinas coloridas presas nos bambus, Sofia se distraiu. Próximo ao espelho d'água e à mesa do coquetel havia um deque com futons coloridos espalhados sobre ele, para que os convidados se sentassem. Sofia pensou que era bem o estilo de Tamara, informal e acolhedor. Pena que a chuva havia atrapalhado um pouco e todos os convidados começavam a se aglomerar na área coberta. Ela sentiu vontade de ir até o deque, já que estava esvaziando, mas logo desistiu quando viu que Cristiano estava por ali, provavelmente procurando por ela.

Inesperadamente um rosto se destacou entre tantos outros, chamando sua atenção. Sofia o observou, imóvel, sem saber como reagir. Ele estava diferente, com os cabelos mais curtos, mas ela reconheceria Murilo de qualquer forma.

– Não precisa ficar assim por causa de um beijo. Afinal, não é a primeira vez que isso acontece.
– Você faz tudo parecer mais simples. Gosto do seu jeito tranquilo. Mas também gosto do seu jeito impulsivo.
– E aquilo em que você não queria pensar, ainda te faz mal?
– Não... Não me faz mal algum.
– Nosso beijo no galpão... nossa noite na casa do Galego... Pra mim foi muito importante. Eu quero ficar com você, Lua.

Os detalhes daqueles momentos que passaram juntos ressurgiram para Sofia.

Murilo também a viu no gramado.

Betina apareceu ao lado dele e o abraçou, fazendo Sofia relembrar a conversa no camarim, no dia do show. Conforme Laila havia previsto, Murilo e Betina ficariam juntos. "Não podem destruir essa família por causa da imaturidade do meu filho."

– Sofia! – Cristiano a chamou quando finalmente a encontrou.

Ela escutou, mas não olhou para trás. Cristiano a alcançou e a abraçou quando viu que Sofia estava chorando.

– Eu imaginei mesmo que hoje seria um dia especial. – Ele colocou o copo d'água que estava segurando numa mesinha ao lado e a observou. – Meu amor – ele continuou falando enquanto mexia no bolso da calça –, quero aproveitar esse clima de festa e propor a você uma vida juntos. – Ele entregou uma pequena caixa a ela. – Vamos seguir de onde paramos. Quero me casar com você.

Sofia correu pelo gramado, arrastando o vestido pela terra molhada. Ela saiu apressadamente do local da festa sem se despedir de ninguém.

– Lua!

Ela sabia quem a estava chamando e não quis olhar para Murilo, pois não sabia como reagir.

– Lua! – Murilo gritava insistentemente, até que Sofia se virou e o viu caminhar até ela. Suas pernas ficaram sem firmeza. Parecia que haviam se encontrado no dia anterior. Estava tudo como era antes.

Cristiano, que observava tudo de longe, correu até Sofia, chegando antes de Murilo.

Um táxi apontou na esquina e Sofia fez sinal.

– Deixe que eu levo você pra casa. – Cristiano não entendia o que estava acontecendo com Sofia.

– Não precisa – ela falou, enquanto se aproximava do táxi. Ao abrir a porta do carro, Sofia viu que a janela traseira refletia um vulto, uma imagem distorcida dela mesma, que parecia estar emoldurada por um véu. Assustada com a visão, entrou rapidamente no carro.

– Vamos rápido, por favor – Sofia pediu ao taxista ao entrar no carro.

– Mas a chuva está ficando forte. É perigoso – ele alertou.

Do banco traseiro do táxi, ela olhou para trás e viu Murilo.

Aquela imagem a perturbou e, surpreendentemente, fez Sofia se lembrar dos detalhes restantes de uma noite que ela preferia ter mantido esquecida para sempre.

"Ela olhou para Murilo antes de subir no carro que tinha sido alugado para levá-la à igreja.

– Acha certo com você? – ele estava falando alto para que Sofia pudesse ouvi-lo de dentro do carro. – E é certo com Cristiano você prometer hoje na igreja que o fará feliz para sempre?

– Murilo... – Sofia abriu a porta do carro e disse o que julgou que faria com que ele desistisse dela – eu não teria como cuidar de uma família que outra pessoa construiu com você. – Ela bateu de novo a porta do carro. – Vamos, rápido! – Sofia pediu ao motorista, que já estava impaciente com o atraso. – E, por favor, não comente com ninguém o que aconteceu aqui.

Ela olhou para trás, ajeitando o véu, e viu que Murilo entrava apressadamente em seu carro.

– Não posso correr muito. Começou a chover e está escorregadio.

– Mas preciso chegar logo. Pode acelerar!

A pressa de Sofia não era exatamente para chegar à igreja e ver Cristiano no altar, esperando por ela, orgulhoso. Ela sentia medo de mudar de ideia e de tornar tudo complicado de novo, medo de querer correr para Murilo e de estar tomando a decisão errada. Ela preferia sofrer quieta, se machucar em silêncio, a magoar outras pessoas.

Sofia se lembrou das palavras de Laila, do sorriso de Betina ao rever Murilo no dia do show e do carinho das filhas por ele. Ela pensou em como foi bom não ter se precipitado contando aos convidados e à família que ela e Cristiano não se casariam mais. Só Tamara soube e não a apoiou quando Sofia voltou atrás e resolveu se casar. Laura havia percebido que as coisas não estavam normais. Perguntou, insistiu, mas não soube de nada. Murilo aparecera numa fase de fraqueza, de dúvida. Por isso, Sofia concluiu, ele ocupou um lugar tão grande em seu coração.

O motorista não se importou com o carro que os seguia e se concentrou no trajeto para a igreja. Ela também achou melhor não olhar mais para trás e não demonstrar a Murilo que estava preocupada.

– Nunca vi um homem tão persistente – o motorista comentou. – Ele não para de piscar o farol. Parece que quer dizer algo. Deve gostar muito da senhora.

De repente, o desespero veio como a força da chuva. Murilo gostava mesmo dela, mas Sofia, para não magoar os outros, acabou machucando Murilo, além dela mesma. Sair ferida disso tudo fazia parte de sua escolha. O que quer que ela decidisse a faria sofrer. Mas ver Murilo naquele estado não a deixava nem um pouco satisfeita. Ter alimentado nele algum tipo de esperança, já que não teve um bom casamento, trouxe a Sofia um grande sentimento de culpa. Culpa por ter feito aquilo com Murilo e culpa por não ter se permitido viver uma história bonita com ele.

O caminho para a igreja era longo. Sofia morava muito longe da Avenida Brasil, local do casamento. Naquela hora, ela se arrependeu de não ter escolhido um lugar mais próximo de casa.

– Chega! – ela gritou.

– O que foi, moça? – O motorista se assustou.

– Nada... Só quero chegar logo a essa igreja. Por favor, faça o que puder.

O motorista levantou as sobrancelhas, como dizendo que já tinha avisado que não podia ir mais rápido.

Sofia abriu o vidro do carro. Faltava ar.

– Vai chover na senhora.

Murilo se aproximou mais do carro que levava Sofia.

– Acelere! – Sofia pediu, nervosa, quando o viu tão perto.

O motorista a atendeu, querendo se distanciar do carro de Murilo.

A luz amarela do semáforo à frente a hipnotizou. Ela ficou assim, finalmente, sem pensar em nada. Sentiu-se leve por um momento, sem culpa, sem dúvidas, só olhando aquela luz, sem se importar com Murilo ou com Cristiano no altar. A luz amarela, opaca ao ser vista de dentro do carro por conta da água da chuva que lavava o para-brisa, tornara-se vermelha de repente, tirando Sofia do transe.

Foi desconcertante sentir que a velocidade do veículo se mantinha, apesar da luz vermelha.

Sua impotência diante daquela luz e diante dos fatos só mostrava que nada mais podia ser feito."

Parte 4

1.

Tudo aconteceu muito rápido. Não houve tempo para ajudar, não houve tempo para mudar a história.

Toda vez que Murilo entrava num hospital, revivia tudo. A imagem do que acontecera, as lembranças que não saíam da cabeça. O som da sirene, a agitação dos médicos, a falta de notícias. Confusão de sons, mistura de gente. Momento angustiante que parecia não ter fim. Um pesadelo em terceira dimensão, em tempo real. A dúvida, a incerteza do que podia acontecer, os pensamentos que foram longe. Aquela noite fez parte de sua vida por muito tempo e ainda faria. O medo de se aproximar do carro destroçado e ver o que realmente havia acontecido, o nervosismo de ter que dar a notícia à família. O cheiro do hospital, o dia a dia daquele lugar fazia com que ele se lembrasse de tudo.

Sua rotina era essa já havia alguns meses: deixar as meninas na escola, tomar café da manhã com Salma e passar todo o tempo que conseguisse com Sofia. Naquela manhã, Salma foi com ele ao hospital. Ela não tinha passado bem durante a noite e pediu ao neto que a levasse a uma consulta com Tamara. Laila não gostava da ideia de Salma não querer mais ser paciente do médico da família, mas já tinha deixado de implicar com a mãe por causa disso.

– Você está bem? – Salma percebeu que Murilo estava abatido.

– Estou, vó. É este ambiente que não me faz bem.

– Como ela está?

– Na mesma.

– Não tem previsão de melhora?

– É difícil dizer. Nem os médicos sabem. Ela pode acordar hoje e pode não acordar nunca mais.

Salma pegou na mão de Murilo com carinho. Os dois continuaram caminhando pelo corredor do hospital sem trocar mais nenhuma palavra. Ela queria perguntar sobre Betina, mas achou que o momento não seria oportuno. A enfermeira pegou a ficha da mão de Murilo e a levou para Tamara, que os chamou logo em seguida.

– Que bom ver a senhora de novo! Como está?

– Estou bem, querida. Muito bem. E você?

– Eu estou ótima, dona Salma. Mas deve ter acontecido alguma coisa para vir me ver. Está tudo bem mesmo?

Murilo explicou como a avó havia passado a noite, com dores e inchaço nas pernas. Enquanto a enfermeira preparava Salma para o exame, Tamara se aproximou de Murilo para falar com ele sem que Salma ouvisse.

– Já a viu hoje?

– Ainda não. Minha avó veio junto e não sei o que fazer com ela. Se o Cristiano aparece, ou mesmo a Laura ou a Dona Beatriz... Minha avó pode falar alguma coisa que desperte desconfiança neles.

— Se quer ir sozinho, aproveite agora enquanto eu a examino. Depois converso com você sobre a dona Salma, fique tranquilo.

A enfermeira estava terminando a higienização que fazia em Sofia com toalhas úmidas. Murilo esperou do lado de fora. Apesar de nunca ter encontrado Cristiano no hospital, ele sempre ficava em alerta, preocupado com o que diria caso se encontrassem. Sofia era sua amiga de infância, mas isso não justificaria as visitas diárias. A enfermeira já tinha perguntado a ele se eram namorados, o que o fez pedir a ela que não comentasse com ninguém a frequência de suas visitas. Tamara o ajudou com isso, pois conhecia a enfermeira. Elas o avisavam sobre os melhores horários de visita. Beatriz, Laura e Reinaldo viram Murilo poucas vezes no hospital, mas ele mentia dizendo que tinha aproveitado para visitar Sofia já que estava no hospital acompanhando a avó para fazer exames.

Sua presença frequente era resultado da esperança de vê-la acordada a qualquer momento. Sentado na poltrona marrom, ao lado da cama, ele inclinou o tronco em direção a Sofia.

— Lua... — ele a chamou timidamente, olhando para os lados, receoso de que alguém pudesse ouvi-lo. — Lua, eu acredito que você possa me ouvir. Faz muito tempo que quero falar algumas coisas pra você. — Ele se levantou e se aproximou da cama, para falar mais baixo. Então segurou a mão direita de Sofia e levou até os lábios, beijando-a. — Aquele dia... Aquele dia que eu tento esquecer, mas não consigo, vendo você aqui, deitada nessa cama. Eu não queria, Lua. Não queria mesmo que acabasse assim. Me sinto responsável pelo seu estado, fui muito insistente.

Murilo soltou a mão de Sofia e caminhou pelo quarto, passando as mãos pelos cabelos cacheados, de cabeça baixa. Então encostou a porta, que estava entreaberta.

– Não imaginei que isso fosse acontecer – ele continuou falando, de novo perto da cama. – De manhã, me levanto ansioso por ter uma surpresa e ver você de olhos abertos, sorrindo pra mim. – Seus olhos se embaçaram, enquanto as lembranças ocupavam sua mente. Olhou para a porta e beijou a testa de Sofia suavemente. – Você me ouve, Lua?

Ele esperou por algum sinal. Deu um breve sorriso lânguido, desesperançoso.

– Fiz planos para ficarmos juntos. Juro que fiz. A saudade que sinto é muito grande. Não quero pensar que não nos veremos mais, que não vamos conseguir... Se isso acontecer, não vou me perdoar.

Murilo apertou os lábios, beijou novamente a mão de Sofia e saiu do quarto. Tamara e Salma vinham pelo corredor para encontrá-lo.

– Eu já ia subir para buscá-la, vó.

– Eu quero vê-la – Salma pediu.

– É melhor irmos embora. Daqui a pouco chegam os pais dela e quero evitar que me vejam.

– Podemos dizer que veio me trazer à consulta, o que é verdade, e paramos para fazer uma visitinha.

– Eu quero sair logo daqui.

Durante todo o caminho de volta, Murilo não trocou uma palavra com Salma no carro. Foi ela quem começou a conversa, perguntando como ele se sentia.

– Não estou bem – ele respondeu sem olhar para Salma. – Não sei o que fazer. Parei toda a minha vida, esperando o grande dia de ver a Sofia acordada. Esse dia não chega nunca.

– Meu filho, não perca a esperança, por favor. Agora que encontrou a mulher que ama, não pode deixá-la escapar.

– Escapar?! – ele se alterou. – Ela está numa cama de hospital, em coma. Acabou.

– Não, Murilo! Não fale assim. Nada está acabado, nada está decidido.

– E se ela nem acordar? E se acordar e não se lembrar de nada? O médico já disse que tudo isso pode acontecer. Ninguém sabe o que pode acontecer.

– Eu sei, Murilo. Eu sei que tem sofrido muito.

– Parei de trabalhar, parei de cuidar de mim, de cuidar das minhas filhas. Vivo em função da Sofia, querendo estar ao lado dela quando acordar. Quero me explicar a ela.

– Pare de se sentir culpado por tudo. Não foi você o responsável pelo acidente.

– Mas eu me sinto responsável. Eu queria que ela descesse daquele carro de qualquer jeito. Eu tinha esperança de que ela me ouvisse, de que acreditasse que eu a amava e que não queria que ela estragasse sua vida. Mas, quanto mais eu a seguia, mais rápido ia o motorista. O coitado acabou morrendo, sem ter nada a ver com a história.

– Foi um acidente, Murilo.

– O que eu sentia por ela... o que eu ainda sinto por ela, nunca senti por nenhuma mulher. Por que tudo isso teve que acontecer?

Salma não sabia o que dizer para confortar o neto, que estava sofrendo. Desde que reencontrara Sofia sua vida tinha virado de cabeça para baixo, mas Salma achava isso ótimo. Ela não concordava com a vida que Murilo levava com Betina. Depois do acidente, as coisas tinham piorado. Murilo estava mais perdido e desesperançoso.

– Eu preciso enxergar a verdade, vó. Quem me garante que se a Sofia acordar vai querer ficar comigo? – Ele olhou para Salma, querendo uma resposta de alguém em quem confiava. Ela só sorriu, mais uma vez sem uma resposta adequada a ele. – Eu ando pensando muito nisso. Ela não teve coragem de assumir o que sentia por mim antes de tudo isso acontecer. Provavelmente vai acordar numa situação em que precisará da ajuda de toda a família, que a julgaria mal se jogasse tudo pro alto por mim.

– E você se preocupa com isso?

– Eu não, mas ela, certamente, sim. Sofia se preocupa muito com o julgamento das pessoas de quem gosta. Além disso, ela não teria nem tempo nem cabeça para pensar em nós dois. Eu me sinto perdido! Penso, penso, penso e não chego a nenhuma conclusão.

– É um processo, meu filho. Isso pode durar a vida toda. Mas fico feliz em vê-lo assim.

– Como? – Ele não entendeu o comentário de Salma.

– Só está assim porque não desistiu de ser feliz. Se tivesse desistido, estaria acomodado com a Betina e assim ficaria para sempre.
– Eu demoro a entender o que diz, vó.
– É simples, Murilo. Você não quer chegar na minha idade querendo voltar no tempo, se arrependendo de ter vivido as coisas mais importantes da vida ao lado da pessoa errada. Não que Betina seja uma pessoa errada. Mas ela também não é a pessoa certa.
– E como posso saber disso?
– Isso a gente não explica. Quanto mais você for atrás de uma explicação, menos vai encontrar e talvez continue a se machucar.
– Não quero mais fazer ninguém sofrer por minha causa.
– Entendo. As coisas não são bem assim, mas, no fim, o resultado é esse mesmo. Quem te ama acaba sofrendo.
– Se eu só puder viver o que quero tornando infeliz quem é importante pra mim, não sei se vale a pena.
– O problema é que você só terá certeza mesmo do que sente quando provavelmente não puder voltar atrás, quando tudo estiver mais definitivamente resolvido, vocês em caminhos separados. O que o mantém na dúvida é saber que, mesmo Sofia estando numa cama de hospital, ela está por perto, por enquanto aparentemente disponível, mas vai chegar o dia em que não poderá mais nem sonhar com a possibilidade de um dia viver o que não pôde. E é nesse dia que vai ter certeza do que sente hoje.

2.

Por causa do bom relacionamento que vinha mantendo com Betina nos últimos meses, Murilo teve coragem de entrar no apartamento para buscar as filhas, que o esperavam para passar o fim de semana na casa de Galego.

– Elas não vão atrapalhar? – Betina se preocupou.

– Não. Só estaremos nós três. Galego ainda está viajando.

– Ainda em turnê?

– Sim.

– E você? Não vai mesmo? – Ela se mostrou interessada.

– Agora já não tem como. O novo baterista está indo muito bem, não tem como tirá-lo da banda a esta altura.

– Foi por causa dela que você não foi?

Ouvir Betina falar sobre Sofia o deixou apreensivo. Laila havia comentado com ela sobre o acidente, sobre o encontro no navio, e juntar as peças foi muito fácil. Murilo demonstrava a todos sua tristeza pelo coma de Sofia.

– Eu não quero conversar sobre isso – ele pediu.

– Murilo – Betina se aproximou, olhando ao redor para se certificar de que as meninas não estavam por perto –, eu sei que fui a grande culpada por você se afastar de nós. Eu também não suportaria viver com uma pessoa parecida comigo.

As palavras de Betina surpreenderam Murilo, que sempre havia sido acusado por ela de todos os problemas do casal. Duda e Nina se jogaram no colo do pai, que estava sentado no sofá ao lado de Betina. Os três se abraçaram.

Antes que eles saíssem, Betina conseguiu dizer a Murilo o que pretendia.

– Eu quero tudo isso de volta.

Sem precisar falar nada, por meio de um olhar piedoso, Murilo tentou fazê-la compreender que aquilo não aconteceria.

Galego telefonou para sua casa, atrás de Murilo. Preocupado com o amigo, tentou convencê-lo mais uma vez a se juntar à turnê da Data Venia.

– Sonhamos juntos com isso. Não me conformo de você não estar aqui.

– Estou feliz por vocês, mesmo estando longe.

– Está desperdiçando sua vida.

– As meninas já estão aqui – Murilo mudou de assunto.

– Então, curta as duas. Aproveite esse momento só de vocês.

Murilo perguntou quem queria tomar banho. Enquanto as duas ligavam o chuveiro, ele foi vestir uma bermuda.

Quando Duda era bebê, ele a levava no colo, dispensando a banheirinha. Dava banho nela no chuveiro e Nina, que tinha um ano e meio, ajudava o pai. Duda agora já estava com cinco anos e fazia tempo que não precisava mais de colo. O banho era a última coisa que acontecia. Antes, enchiam o vidro do box com muita espuma, fazendo desenhos que o pai precisava decifrar. Se ele errasse, uma delas girava o misturador e ele tomava uma ducha fria. Murilo sempre acabava errando algo, para satisfação das filhas, que adoravam ver o pai passando frio debaixo do chuveiro.

Depois de se divertirem, Murilo perguntou se elas estavam com fome. Duda queria um sanduíche, mas não tinha vontade de comer fora. A casa de Galego estava muito interessante para quererem sair de lá. Ele fez o pedido por telefone e se juntou às filhas para ver televisão.

– O Galego é muito legal, pai. Ele emprestou a casa dele e essa TV grande pra gente. Parece que estamos viajando – Nina falou.

– Por quê? – Murilo sorriu.

– Porque em casa não é assim. Aqui parece férias.

– A televisão da casa de vocês também é grande.

– Mas não é divertido assim lá – Duda justificou.

– Pai – Duda chamou Murilo –, a mamãe disse que você vai voltar pra casa, mas que a gente não podia falar disso com você.

Extremamente irritado, Murilo disfarçou o nervosismo e pensou antes de dizer:

– Quando ela falou isso?

– Ela fala isso todo dia.

– Todo dia? – Ele não estava entendendo.

– Quando a gente pergunta que dia você vai voltar, ela fala que vai ser logo. Depende da gente, né, pai?

– O quê, Duda?

– A mamãe fala que depende de mim e da Nina. Que a gente precisa agradar você e falar que ela tá boazinha e sentindo sua falta. A gente fala isso pra você, não fala?

– Não, Duda... Não fala isso. – Nina percebeu que a irmã tinha revelado mais do que devia. Betina havia orientado as filhas muito bem sobre não contar o que conversavam em casa. A bronca seria grande se ela descobrisse o que Duda tinha dito ao pai.

Murilo fingiu não entender nada e foi buscar a entrega do restaurante. Percebeu que Nina foi conversar com a irmã. Sentiu pena das filhas e raiva de Betina.

Apesar da irritação de Murilo, aproveitaram bem a noite e brincaram juntos antes de dormir. Fazia sentido tudo o que havia acontecido naquele dia: o que Betina tinha dito a ele e o que Duda deixara escapar. Betina estava mais amigável, mais receptiva. Sua intenção parecia mesmo a de se reaproximar. Murilo, apesar de entender suas razões, não aceitou o modo como estava fazendo as coisas acontecerem.

Durante todo o fim de semana ele percebeu o esforço que Duda fez para atender ao pedido da mãe. O roteiro estava um pouco diferente, por orientação de Nina, mas Murilo notou que seguiram as instruçoes de Betina para tê-lo de volta em casa.

– Sabe o que me deixa muito feliz? – Murilo perguntou às filhas, que, enquanto comiam pipoca de frente para a televisão, balançaram a cabeça negativamente. – Que nosso amor não depende de nada, nem de ninguém. Isso nunca vai mudar e vocês não precisam me dizer nada, nem me convencer de nada, porque eu percebo isso nos nossos abraços, na alegria que sentimos quando estamos juntos.

De volta ao apartamento de Betina, Murilo quis conversar enquanto Duda e Nina se preparavam para dormir.
– Não use mais as meninas para se aproximar de mim. Isso só nos afasta ainda mais – ele foi bem direto com a ex-mulher.
– O que elas disseram pra você?
– Não me disseram nada, mas eu percebo. Por que perguntou isso? Tem alguma coisa que elas precisem me falar? – Ele não quis contar tudo o que havia acontecido para evitar que as filhas tomassem bronca.
– Não, Murilo. Fica calmo.
– Se tem uma coisa que me deixa louco é você pensar que sou idiota e que não percebo o que sempre fez com elas. Já sofreram muito por nossa causa. O que me afastou de você, entre outras coisas, foi sua falta de preocupação com os sentimentos delas. Enquanto continuar fazendo isso, não sinto vontade de trocar nenhuma palavra com você.
– Eu não sabia que eu fazia tanto mal às nossas filhas.
– Não sabia? Se quiser, posso ajudá-la a se lembrar de vários momentos – Murilo disse irônico. Ela se virou para encostar a porta do quarto das meninas a fim de que não ouvissem a conversa.
Betina se sentou no sofá e chamou Murilo.
– Prefiro ficar de pé.

– Eu não quero falar alto. É melhor você ficar aqui perto de mim.

Estranhando a preocupação de Betina com as filhas, ele foi ouvir o que ela queria dizer.

– Vai ser difícil você acreditar, eu sei – ela começou a conversa, mostrando estar sem jeito e nervosa. – Sempre me preocupei com os meus problemas, com as minhas dores.

– Eu sei disso.

– Não precisa falar assim, Murilo. Você tem toda razão de estar bravo comigo.

– Qual é a novidade aqui, Betina? Estou curioso. Você sempre fez isso com elas. Sempre. E ainda tinha coragem de me julgar mau pai. Aceito seu julgamento, falhei muito com vocês. Mas e você? Quando se importou com elas de verdade? É sempre você a atingida, a magoada. O lado da Duda e da Nina você nunca vê.

– Mas é isso que estou tentando mostrar a você. – Ela pegou no braço de Murilo. – Pare de falar um pouco e me escute, por favor.

Betina começou a chorar e Murilo não sentiu vontade de consolá-la. Ele se afastou um pouco, incomodado com a cena que sempre viu em casa e ficou aliviado por não precisar mais assistir àquilo quase que diariamente.

– Sabe quando você só percebe as coisas quando elas acontecem de um jeito que você não espera? – ela tentou se recuperar para falar, pois sabia que Murilo se incomodava com a voz chorosa. – Eu até imaginava, mas bem de longe, que um dia nós nos separaríamos mesmo, mas sempre achei que eu tomaria essa decisão, não você. Imaginei nós dois separados muitas vezes. A questão foi que, quando tudo aconteceu de verdade, fiquei arrasada. Foi só nesse momento que notei como eu estava vivendo. Eu tinha você, tinha nossas filhas à minha mão. Era difícil estarmos juntos, é verdade, mas eu deixei que isso virasse o centro de tudo. Perder você de vez foi muito pior do que viver como vivíamos.

Murilo fechou os olhos, imaginando que a conversa seria desgastante, mas achou melhor ouvi-la até o fim para não precisar passar por isso de novo num outro dia.

– O que quer que eu diga, Betina?

– Nada. Agora sei que sempre foi honesto comigo. Se estava aqui, pacientemente, era de verdade. Eu sempre idealizei tudo, reclamei de tudo. Acabei ficando pior sem você, sem o carinho das minhas filhas. Elas se preocupam comigo, mas carinho mesmo elas sentem por você. Quero mudar isso, Murilo.

– Nem me peça para dizer nada a elas, porque não tenho que fazer o que me pede. Você sempre tentou me manipular, assim como faz com as meninas.

– Não! Não estou pedindo nada pra você. Eu realmente estou enxergando agora o que sempre esteve bem na minha frente. Me preocupei muito com o que eu sentia, com o que você fazia comigo. Eu dizia que era por elas, mas sei que me preocupava só comigo. Sofri muito, Murilo. Chorei, me desesperei e não consegui perceber que meu jeito de reagir feria as nossas filhas. Dói ver tudo isso assim, depois de não ter mais chance de ajeitar as coisas.

– Apesar de saber que você está sofrendo, fico feliz que tenha entendido a verdade. Mesmo que doa, como você diz, é melhor assim.

– Eu não me importo que você não me ame, que ame outra pessoa. – Betina deixou Murilo sem saber o que dizer. Ele não negaria que estava apaixonado por outra mulher, mas também não queria ser direto dessa forma e contar detalhes sobre Sofia. – Eu sei que ela está mal, sem muita esperança de sobreviver ao acidente que sofreu.

As últimas palavras de Betina deixaram Murilo triste. Todos sabiam do risco, mas ninguém comentava o assunto dessa forma com ele.

– Não quero falar sobre isso, por favor – ele pediu.

– Desculpe, Murilo. Eu não quero magoar você ainda mais, mas é que agora que acordei, que sei o que está acontecendo comigo, não quero perder mais tempo sendo hipócrita. Perder você para outra pessoa é pior que perdê-lo por não gostar de mim. É mais definitivo, entende? Acho que posso fazê-lo me amar de novo, se eu mudar. O fato de você amar outra pessoa muda tudo. Eu amo você. Amo ainda mais por tudo que percebi que tentou fazer por nossa família, quando me lembro do que passamos. Respeito o que sente por ela. Desculpe o jeito que falei com você.

– Você tem um dom incrível de me deixar triste. Conseguiu mais uma vez. – Ele se levantou do sofá para dar um beijo de boa noite em Duda e Nina.

– Não vá embora assim. Não vou me desculpar de novo para não o chatear ainda mais, mas não quis fazer isso com você. É isso que preciso mudar... Eu só magoo as pessoas que gosto. Eu gosto de você, Murilo. Eu amo você. Se gosta de outra pessoa, entendo que seja minha culpa. Eu não ajudei, não fiz nada para que continuasse me amando.

– Sempre você... Se gosto de outra pessoa, não pode ser porque simplesmente gosto dela. Precisa ser por sua causa também – Murilo foi irônico de novo.

– É verdade. Eu tenho muito a aprender com você. Se eu tivesse escutado mais o que me dizia, seria uma pessoa melhor. Eu quero que saiba que vou fazer de tudo para ter você aqui em casa novamente e que, mesmo sabendo que ama outra mulher, eu o quero mesmo assim. Temos uma família linda e muita história juntos para jogarmos tudo fora. É assim mesmo, Murilo. Você é como eu. Idealizou a mulher dos seus sonhos, imaginou vocês dois juntos, mas não aconteceu. – Betina mostrou carinho por ele, passando-lhe a mão no rosto. – Se não aconteceu, é porque não era pra acontecer. O que ficou foi o sentimento. Contra isso não posso lutar, mas aceito. Eu entendo que tenha suas próprias ilusões. Todo mundo tem. Deve ser normal vivermos de um jeito e acharmos que seríamos mais felizes se tudo fosse diferente. Como não temos tudo o que queremos com quem está do nosso lado, a outra vida, a imaginada, parece ser mais interessante. Mas quem está ao seu lado, quem o quer realmente, quem é real, sou eu.

3.

Laila, apesar de não aceitar muito que o filho fosse músico, incentivou Murilo a viajar com a banda. Salma e Murilo percebiam que o motivo desse apoio era afastá-lo de Sofia. Mesmo tentando guardar segredo, ele se descuidou numa conversa com Salma e não viu que Laila estava em casa, ouvindo tudo. Ela acabou sabendo das visitas diárias ao hospital e de sua paixão por Sofia. Embora gostasse muito da família Luna Greco, de quem sempre foi amiga em Monte Alto, a questão era outra. Por causa de Sofia, Murilo nunca voltaria para Betina e não recuperaria sua família.

Visitando as filhas com mais frequência nas últimas semanas, sobrava menos tempo com Sofia. Talvez Murilo nem tivesse notado que, no fim, também estava se aproximando de Betina, que começara um tratamento psiquiátrico e terapia paralelamente. Não seria Laila quem mostraria isso a ele.

Como Salma havia passado mal mais uma vez, Laila tentou levá-la ao consultório do dr. Jamil, mas não teve sucesso. Salma fazia questão de ser atendida por Tamara e pediu à filha que avisasse Murilo, mas ela não quis. Ela mesma a levaria, a fim de evitar mais uma visita dele ao hospital.

– Não consigo falar com o Murilo. Eu mesma levo a senhora.

– Ele deve estar na casa da Betina. Já ligou lá? – Salma insistiu.

– Já. Ninguém atende.

– Eu espero, então. Prefiro que o Murilo me leve.

– Não, senhora. Precisamos ir ao médico agora.

– Eu estou muito melhor. Posso esperar o dia todo.

Salma não conseguiu convencer Laila e foram para o hospital. Tamara estava de plantão e as recebeu muito bem.

– A senhora vai precisar de repouso, dona Salma – ela orientou.

– E quem é que faz minha mãe ficar parada? – Laila falou.

– Eu vou ligar pro Murilo. Ele vai dar uma bronca na senhora se sair de casa hoje – Tamara brincou. – Por que ele não veio com a senhora?

– Laila tentou falar com ele, mas não conseguiu.

– Estou com saudade dele. Faz tempo que não o vejo por aqui. – Após dizer isso, Tamara se questionou se havia feito bem em fazer o comentário na frente de Laila.

– É, ele está mais próximo das filhas. Está aproveitando que a situação com a ex-mulher melhorou. Estão conversando civilizadamente.

– Se é para cuidar das filhas que não o vejo mais, o motivo é nobre.

– É muito nobre mesmo – Laila concordou.

Após a consulta, Laila e Salma pegaram o elevador para a garagem. Ali encontraram Beatriz e Reinaldo, que estavam chegando para visitar Sofia.

– Sinto muito por sua filha – Laila consolou Beatriz com um abraço.

– Obrigada, Laila. Está muito difícil para nós, mas não perdemos a esperança de vê-la acordada de novo.

– Eu quero vê-la – Salma falou.

– Voltamos outro dia, mãe – Laila sugeriu. – A senhora não está bem.

– Estou ótima. Posso vê-la agora.

– Mas a médica pediu repouso, lembra?

– Alguns passos não vão me matar. Já estamos aqui, Laila.

Reinaldo solicitou uma cadeira de rodas a um enfermeiro para que Salma não se cansasse e a empurrou até o quarto de Sofia.

Laila se impressionou com a beleza de Sofia, mesmo naquele estado, imóvel, sem muita cor na pele, sem movimentos que lembrassem que ela ainda vivia. Por um instante, entendeu o deslumbramento de Murilo por ela.

Beatriz se emocionou, como sempre, ao ver a filha naquela cama. Reinaldo a abraçou, reconfortando-a.

– Eu não me acostumo a essa imagem – Beatriz se explicou.

– Imagino sua dor, minha querida. – Laila se aproximou e pegou em sua mão.

– Vamos tomar uma água com açúcar – Reinaldo sugeriu.

Beatriz saiu do quarto acompanhada pelo marido e por Laila. Salma permaneceu no local.

– Minha querida – Salma falou para Sofia, assim que a porta se fechou –, não desista nunca. Todos nós a amamos muito, especialmente o Murilo. Vale a pena lutar pela vida. Há muitos sonhos ainda que você precisa realizar. Eu gostaria de estar no seu lugar... Sei que isso soa estranho. Se estivesse acordada, talvez risse do que acabei de dizer. Mas é verdade, eu queria estar no seu lugar. Você tem a chance de viver uma linda história. O que tem para viver com meu neto é raro. Não pense que todos os que vêm para este planeta têm essa oportunidade. Tem gente, minha querida, que passa por aqui e é como se nada tivesse vivido. Como pode? Eu mesma criei uma filha assim. Ela gosta de levar a vida na linha, fazer o que é certo aos olhos dos outros. Não que isso não seja uma virtude. Mas concorda que não existe um manual para sermos felizes? Tenho certeza de que concorda. Sabe, eu tive essa chance. Me considero especial, assim como você. Você é muito especial, Sofia. Murilo nunca conseguiu viver de verdade, até que você apareceu. Ele não imaginava que isso fosse possível ainda. Como é bonita a vida. Quando menos esperamos, as coisas mudam. Bem, antes que Laila volte, vou contar a você por que sou especial também. Não sou uma velha arrogante – ela falou rindo –, mas sei bem que fui uma das escolhidas para viver uma linda história. Não são todos, como falei. Um homem maravilhoso foi colocado no meu caminho. Nós nos amamos muito. Como ele era lindo! Eu também não era qualquer uma. Sempre tive uma postura elegante, muito valorizada na época em que eu era jovem, como você. Luiz... o nome dele era Luiz. Nós nos conhecemos no colégio. Ele era bem mais velho que eu. Tomávamos o bonde juntos e passamos a nos conhecer melhor. Meus pais nunca aprovariam um relacionamento com Luiz, não pela idade, mas por ele não ser de uma família como a nossa. Não sei se sabe, mas os libaneses são assim. Aqueles bem antigos, pelo menos, eram assim. Ainda tem gente que pensa desse jeito. A Laila, por exemplo, é uma pessoa preconceituosa. Não me pergunte como consegui criá-la desse modo. Tem coisas nessa vida que não têm explicação. Meu amor por Luiz era assim. Sem explicação. Se me perguntar o que vi nele, por que eu gostava tanto dele, acho que não sei explicar. Sabe quando alguém completa você de um modo que fica difícil viver sozinha depois de ter conhecido essa pessoa? Sei que você sabe. Deve ser o que sente por Murilo. Sei muito bem o que sente por ele. Você pode não ter percebido ainda, mas os velhos sabem. Já ouviu que, quando morremos, nos despimos de todos os mantos de hipocrisia que confeccionamos aqui na Terra? Pois bem, eu estou mais perto disso do que você. Posso dizer que consigo ver melhor por esse motivo. Quando somos jovens e temos a vida pela frente, deixamos as coisas importantes de lado e tentamos experimentar outras. Ficamos assim, o tempo todo fazendo tentativas, procurando explicações. Mas lá no fundo, bem lá no fundo, se pararmos para nos avaliar, está tudo muito claro. É uma pena termos que perder tanto tempo assim, atrás de motivos e razões sem sentido para justificar o que não tem explicação. Sofia, viva por mim e por Luiz o que não pudemos viver. Viva isso tudo com Murilo. Não entregue sua felicidade por medo, por covardia. É a coragem que distingue as pessoas felizes das outras.

Com um buquê de rosas vermelhas, Cristiano entrou no quarto.

– Boa tarde – Salma o cumprimentou. – Sou Salma, uma amiga da família.

– Prazer, dona Salma. Cristiano.

– Ah... Muito prazer.

Salma ficou calada, observando como Cristiano reagia perto de Sofia. Ele deixou as flores sobre a mesa e se sentou no sofá.

– Bem, vou deixar vocês dois à vontade. Vou esperar minha filha no corredor.

4.

Antes de saírem para a festa de aniversário de uma amiga da escola, enquanto Betina ainda estava no quarto, Duda pediu a Nina que pegasse para ela um pacote de biscoito de chocolate.

– A mamãe pega pra você quando sair do quarto. É muito alto, Duda.

– Ela tá demorando. A gente vai se atrasar muito pra festa se eu comer só quando a mamãe sair do quarto.

Nina concordou e puxou um banquinho para alcançar a prateleira. Esticou o braço e ficou na ponta dos pés, perdendo o equilíbrio. Duda tentou ajudar quando viu que a irmã iria cair, mas não conseguiu. Nina caiu, fazendo um barulho grande. Betina, que pretendia terminar de se arrumar e já sair com as meninas, abriu a porta do quarto rapidamente, assustada.

– Nina! Você se machucou?! – Betina ficou preocupada quando viu a filha no chão, gritando de dor.

– Ela caiu do banquinho! – Duda explicou.

– Não faça mais isso! Já falei que não quero que subam em nada. É perigoso.

Nina só chorava. Betina mexeu em seu braço e a menina gritou. Sua primeira reação foi ligar para Murilo, que sempre sabia o que fazer nessas horas. Em menos de vinte minutos ele já estava lá.

– Acho que ela quebrou o braço – ele falou para Betina, sem que as meninas ouvissem.

– Vamos levá-la ao hospital.

– Cuide da Duda, eu levo a Nina para o pronto-socorro.

– Ei... Eu não tive culpa – Betina se defendeu.

– Não estou acusando você de nada – Murilo falou sem olhar para ela.

– Eu conheço esse olhar. Está pensando que não cuidei direito dela. Eu já estava saindo do quarto quando ouvi o barulho.

– Você sempre sabe o que penso. – Ele foi irônico.

– Estou mais atenta, Murilo. Não deixo mais as meninas sozinhas. Eu estava só terminando de trocar de roupa.

Apesar de negar, Murilo estava mesmo acusando Betina em pensamento. Era um comportamento frequente. Betina nunca estava por perto quando as meninas precisavam dela. Ele não queria desestimulá-la a se empenhar a cuidar mais das filhas. Então não falou mais nada e levou Nina para o hospital. Ele se preocupou em deixar as meninas sob os cuidados de Betina, pois poderia ter sido mais grave. Coincidentemente, encontrou a mãe e a avó saindo do hospital. Laila se assustou com o choro de Nina e percebeu que a queda havia sido feia.

– Queridinha, os médicos vão dar um jeito de tirar sua dor – Salma tentou acalmá-la. Vou ficar com eles, Laila. Pode ir para casa. O Murilo me leva depois.

– Não, vó. É melhor ir embora. Podemos demorar por aqui. Mas o que aconteceu com a senhora? Não tínhamos marcado nenhuma consulta com a Tamara. Foi a perna?

– Não foi nada.

Laila e Murilo concordaram que Salma não poderia esperar Nina ser atendida no pronto-socorro e ela foi embora contrariada.

Cerca de quarenta minutos depois, Nina foi atendida e precisou engessar o braço quebrado. Ela achou divertido sair com o gesso assinado pelo pai e pela enfermeira, e não via a hora de mostrar à irmã e às amigas da escola.

Como Nina ficou bem após ter sido atendida, Murilo não resistiu e passou pelo corredor do quarto de Sofia. Murilo parou próximo à porta aberta, com vontade de entrar no quarto. Cristiano estava lá com Beatriz. Ele recuou para ouvir o que conversavam sem ser visto.

– É muito importante sua presença aqui. Acredito que ela nos ouça e nos sinta – Beatriz disse.

– Não é justo que ela fique assim por mais tempo. Já sofreu muito. Todos nós estamos sofrendo. Quero logo poder construir minha família com ela.

Murilo continuou andando quando Nina perguntou por que estavam ali parados no corredor. Ele olhou para a filha e observou Cristiano perto de Sofia, sofrendo por ela. Pela primeira vez, achou melhor desistir de Sofia. A vida real era muito diferente. Seria possível mudar tanta coisa para seguir com um capricho seu, que mexeria com a vida de tantas pessoas?

"Eu não teria como cuidar de uma família que outra pessoa construiu com você". Ele se lembrou das palavras de Sofia que antes não haviam tido o efeito que tiveram com sua lembrança naquele momento. Então questionou se ela gostaria de Duda e de Nina como ele esperava que acontecesse. Isso era muito importante para ele. Inclusive, um dos motivos de seu amor por Betina ter esfriado era a forma como ela se relacionava com as meninas.

Betina estava ansiosa para ver Nina e saber se ela estava bem. Quando Murilo abriu a porta com sua chave, ela pulou do sofá para recebê-los.

– Precisou engessar mesmo?

– Precisou – Nina respondeu. – Olha só, o papai já assinou. Duda! Vem ver o meu braço.

Betina quis falar de novo com Murilo sobre o que tinha acontecido.

– Eu amo as nossas filhas, Murilo. Não duvide disso.

– Eu sei. – Ele pegou as mãos de Betina e olhou para ela de uma forma diferente.

– Seus olhos estão fundos, sem brilho – Betina falou. – Você deve estar sofrendo. Juro que, se precisar desabafar comigo, vou tentar só ouvir você, sem ficar com muito ciúme. Estávamos separados, aconteceu. Não vejo como uma traição e imagino que esteja passando por uma fase difícil, triste. – Murilo fechou os olhos para que ela não visse que estavam molhados. – Vou esperar você voltar para nós. As coisas vão ser diferentes, eu prometo. Perder quem a gente ama muda tudo. Assim como você está sofrendo por outra mulher, eu estou sofrendo por você. Se me der outra chance, não vou desperdiçá-la.

Murilo estava calado.

Ele ficou sem reação, sem saber o que dizer ao perceber que cuidar da sua família era a única coisa que podia fazer.

– Sei que duvida do que sinto por você. Nunca demonstrei que o amava. Eu só cobrei e não fiz nada por nós. Entendo que seja muito difícil acreditar em mim. Acho que nem eu acreditava que o amava, Murilo. – Ela sorriu, ainda de mãos dadas com ele.

Murilo não entendeu muito bem o que estava acontecendo, mas passou a considerar dar um lar mais feliz a Betina, Duda e Nina. O modelo de marido muito distante do dele era Munir, seu pai. Consciente ou inconscientemente, Murilo seguiu o caminho oposto. Laila sempre valorizou Munir para os outros. Ele não se lembrava de ter visto a mãe reclamar de seu pai para ninguém, nem mesmo dentro de casa. Para Murilo, aquela relação chegava a ser falsa, de tão perfeita. Apesar da insistência da mãe, ele não se espelhou em Munir. Pelo contrário, quis seguir um caminho completamente diferente. Ele se questionava se havia enveredado por aquele caminho apenas por querer ser diferente do pai.

5.

Betina não faltava às sessões de terapia, das quais aprendeu a gostar muito. Nas sessões, havia descoberto que poderia amar a si mesma, apesar de toda a culpa que passou a carregar quando a lucidez surgiu, mostrando que precisava se responsabilizar por algumas atitudes suas, em vez de apenas culpar Murilo por tudo. Aos poucos ganhou mais autoestima, mais vontade de realizar tarefas cotidianas, que antes eram muito difíceis para ela pelo fato de ter de manter uma rotina para isso ou mesmo pelo cansaço físico que refletia seu desgaste emocional.

Como Murilo passava para pegar as meninas todos os dias de manhã para levá-las à escola, Betina se levantava quarenta minutos antes de Murilo chegar para tomar um banho, vestir uma roupa diferente das que costumava usar quando eram casados e preparar um café da manhã para os quatro tomarem juntos.

– Obrigado pelo café, Betina. Estava muito bom.

– Você viu que comprei mamão? Havia esquecido na semana passada.

– Vi, sim. Eu já falei que não precisa se preocupar tanto.

– Não me dá trabalho nenhum, pelo contrário. Gosto muito de ver a família toda reunida assim. Fico feliz também por você ter parado de reclamar e ter resolvido tomar café conosco sem eu precisar insistir.

Murilo estava gostando de ter esse ritual familiar com as filhas sem gritos ou reclamações de Betina. Aquilo era novidade para ele, uma paz que nunca tinha sentido naquela casa, desde que as filhas haviam nascido.

– Betina, não precisa fazer almoço hoje. Vou almoçar com a minha avó.

– Mas as meninas gostam tanto quando você vem.

Não era verdade que ele tinha combinado de almoçar com Salma. Murilo não queria acostumar Betina com sua presença tão constante, mas cedeu e resolveu usufruir daqueles momentos tranquilos um pouco mais, já que não sabia até quando tudo aquilo iria durar.

– Preciso dos seus conselhos – Betina falou antes que ele saísse com as filhas.

– Na volta conversamos.

Betina passou a manhã toda preparando alguns materiais para ter uma conversa importante com Murilo. Ela acreditava que ele ficaria orgulhoso e a ajudaria a voltar ao mercado de trabalho. Queria se sentir importante profissionalmente de novo, e Murilo sempre a estimulara a trabalhar.

Dias antes, ela havia entrado em contato com uma colega de profissão, com quem já trabalhara antes de Nina nascer. Betina pediu para trabalhar em seu escritório, mesmo ela avisando que não estava contratando ninguém naquele momento.

– Preciso retomar minha vida, minha saúde, meu casamento. Nossa, tantas coisas!

– Calma, Betina. Não sei se consigo te ajudar tanto assim.

– Você é a pessoa que mais admiro profissionalmente e não consigo pensar em mais ninguém para marcar meu retorno. Vou ser grata para sempre.

– Você sempre teve energia de sobra e determinação também. Pelo jeito, não mudou nada. – A colega sorriu.

– Estou há tanto tempo parada que, se você pedir que eu trabalhe por dois anos inteiros, sem férias, eu aceito. Não quero parar mais. Preciso voltar a viver como uma pessoa normal, dar exemplo para minhas filhas, corrigir a impressão que deixei nelas até hoje.

– Você, além de tudo, é persuasiva. Parabéns, Betina. Espero você às nove horas no escritório na próxima segunda-feira.

Quando Murilo chegou em casa com as meninas, Betina mal o deixou entrar e o chamou para conversarem.

– Antes de almoçarmos, meninas, vão tomar um banho enquanto eu converso com o pai de vocês.

– Fiquei curioso, Betina. O que aconteceu?

Ela abriu sua pasta com material de desenho, agenda nova e uma lista com lojas que ela queria visitar e checar as novidades.

– É isso mesmo, Murilo. Vou voltar a trabalhar.

– É sério? Que notícia boa, Betina!

– Você foi quem me estimulou a tomar essa decisão e a primeira pessoa para quem contei. Obrigada pelo apoio, Murilo. – Ela pegou nas mãos dele.

Murilo tentou se lembrar da última vez em que tinha visto Betina daquele jeito, entusiasmada com algo.

– Puxa, Betina. Eu não esperava por isso. Estou muito feliz por você.

– Sabe como eu a convenci a me dar o emprego? – Murilo apenas esperou pela resposta. – Eu falei a verdade, Murilo. Abri meu coração. Mencionei nossas filhas, o bom exemplo que quero dar a elas. É o que mais quero, que elas me vejam como uma pessoa que sabe se transformar, como uma pessoa corajosa, determinada, que vai atrás do que quer, que não desiste dos seus planos.

– Admiro sua determinação, Betina.

– Sou muito curiosa também, sempre quero aprender. No trabalho sou assim. E o mais importante, Murilo, sou intensa. Você sabe disso.

Murilo tinha se esquecido do lado bom da personalidade intensa de Betina. Essa intensidade era o que o havia atraído quando se conheceram. Uma intensidade apaixonante, que o fazia querer ficar perto dela para se contagiar com aquela força. Betina, naquela época, sentia muita vontade de viver, de aprender, de viajar, de passear, de namorar.

Tem mais uma coisa que eu queria falar com você, Murilo. Para provar que não sou mais aquela pessoa egoísta. Eu o apoio a não desistir dos seus planos também. Eu me sinto culpada por você não ter viajado em turnê. Sei que tem outros acontecimentos que influenciaram sua decisão, mas sempre critiquei sua atividade profissional, não levei a sério sua música. Desculpe, Murilo. Vou fazer o que puder para você ter tudo o que merece. Você tem todo o meu apoio para viajar com a Data Venia. Deixe que eu cuido das nossas filhas. Pode ir tranquilo.

6.

Murilo passou a visitar as filhas quase que diariamente. Quando não aparecia era porque algum compromisso havia surgido. Naquele dia, Salma pediu a ele que a levasse ao hospital e ele não levou as filhas à escola. Tamara a examinou e não percebeu nada que justificasse sua ida à consulta, pedindo apenas que repousasse.

– E você, Murilo? Acabou cedendo à insistência do seu amigo? – Tamara estava feliz com a notícia de que Murilo se juntaria à banda na turnê.

– Decidi não perder mais tempo. Vou comemorar com eles o sucesso que tanto perseguimos juntos.

– Eu sempre achei que você deveria ter ido com eles. Aproveitando que sua avó está com a enfermeira, se vestindo, eu queria dizer que estou muito feliz por ter tomado essa decisão, mas...

– Mas e a Sofia? É isso que quer saber? – Murilo a interrompeu. Tamara o olhou, esperando ouvir o que ele tinha a dizer. – Foi difícil, Tamara, muito difícil. Aconteceram muitas coisas.

– Você voltou para a sua casa?

– Estou me reaproximando da minha família.

– Por quê, Murilo? Desculpe me meter assim na sua vida, mas o que aconteceu para desistir dela?

– Não daria certo, Tamara. O dia em que ela acordar, provavelmente não vai querer me ver. Ela já tinha se decidido pelo Cristiano, ia se casar com ele. Por que seria diferente agora?

– O que fez você mudar de ideia? Até outro dia vinha aqui sempre, não queria deixá-la sozinha.

– Pois é. Acho que percebi que a vida dela está numa direção e a minha em outra.

– Isso não combina com você. Nunca pensei que ouviria isso, Murilo.

– Preciso cuidar das minhas filhas. Além disso, não posso passar minha vida esperando pela Sofia. Não posso ser inconsequente com as responsabilidades da vida real por causa das minhas fantasias.

– Nisso eu concordo com você. E fez muito bem em viajar com a banda e tocar sua vida, mas, por favor, não desista da minha amiga. Ela precisa de você.

Salma pediu para ver Sofia antes de irem embora, mas Murilo não quis.

– Não faça isso, Murilo – Salma falou. – O que a Betina fez pra você esquecer do que sempre quis?

– Foi por isso que pediu pra eu trazê-la, vó? Não acredito.

– Você vai viajar e nem vai se despedir dela? – Salma fingiu não ter ouvido o que Murilo disse. – Você pode tentar enganar a si mesmo, mas a mim não engana.

"Eu não teria como cuidar de uma família que outra pessoa construiu com você". A frase de Sofia não saía da cabeça de Murilo.

– Ela só não teve coragem de ser feliz e de magoar o noivo.

– Preferiu me magoar.

– Sofia não pensou em fazê-lo infeliz, mas sim em abrir mão da felicidade dela por motivos que não podemos julgar.

7.

Tamara estava de folga naquela manhã e ficou surpresa quando ouviu a campainha tocar. Ela não esperava nenhuma visita, pois seus amigos sabiam que ela normalmente trabalhava até tarde e dormia na manhã de folga. Saiu da cama achando que pudesse ser a vizinha vindo pedir alguma coisa ou o zelador trazendo algum recado. "Deviam ter interfonado antes", reclamou enquanto lavava rapidamente o rosto.

Ela não abriu a porta totalmente, tentando se esconder, pois estava de camisola.

– Você?! – surpreendeu-se quando viu Galego à sua porta e o abraçou.

– Vim sequestrar você. Vá colocar um biquíni.

– Calma! Acabei de acordar. Nem entendi ainda o que você está fazendo aqui.

– Tenho só este dia para ficarmos juntos entre um show e outro. Nos outros dias, vamos tocar mais longe e não tem como voltar pra cá. Não dá tempo.

– Fiquei muito feliz com a surpresa, meu amor!

Galego a beijou e a lembrou de que, quanto mais demorassem para sair, menos tempo teriam juntos. Tamara foi correndo se arrumar.

– Então, vamos para a praia? – ela quis confirmar.
– Vamos.

Enquanto Tamara se preparava para a curta viagem, Galego telefonou para Murilo.

– Te acordei? – ele perguntou assim que o amigo atendeu, com voz de sono. – Desculpe, mas preciso falar com você. É importante.

– Pode falar.

– Eu queria conversar pessoalmente, mas não sei que horas volto com a Tamara.

– Como? Você está aqui?

– Estou. Aproveitei o único dia de folga.

– Que bom! Mas vocês vão sair?

– Vou levar a Tamara pra praia. Quero passar o dia com ela.

– Faz bem. Quando você vai embora?

– Amanhã bem cedinho.

– E sobre o que queria falar?

– Eu queria que você voltasse comigo amanhã mesmo.

Galego logo explicou que o novo baterista estava preparado para ser substituído por ele a qualquer momento, pois, desde o início da turnê, tinha sido avisado de que Murilo estava passando por problemas, mas que voltaria a integrar a banda novamente.

Tamara e Galego pegaram a estrada e duas horas depois chegaram a uma praia tranquila do Litoral Norte.

– Nem acredito que você está aqui comigo – Tamara falou enquanto caminhava ao lado de Galego na areia. – Pensei que fosse vê-lo só no fim do ano.

– Eu imaginei que fosse conseguir voltar pra São Paulo, mas, como eu queria fazer uma surpresa pra você, preferi não falar nada.

– Adorei! – Ela o abraçou.

O tempo estava nublado e eles passaram algumas horas na praia. Galego teve a ideia de comerem algo por lá mesmo, num restaurante pé na areia.

– Eu nunca tinha vindo aqui – Tamara falou.

– Gostou?

– Sim, muito.

– Sabe, Tami, eu penso muito em você. Acho que passar esse tempo fora, longe de você, mostrou o quanto é importante pra mim.

– Também sinto muito a sua falta.

– Eu quis trazer você a esta praia, mesmo com o tempo encoberto – eles riram –, porque foi numa praia que nos beijamos pela primeira vez, naquele luau. Pena não termos tempo para ir à mesma praia onde ficamos juntos, mas o que eu queria era resgatar o clima.

Galego se virou para ela e passou os dedos por seus curtos cabelos loiros.

– Eu não achei, sinceramente, que um dia eu diria isso a alguém. – Ele respirou fundo e pediu a ela que fechasse os olhos.

Tamara sentiu que ele estava colocando um anel em sua mão esquerda e abriu os olhos, assustada.

– Está me pedindo em casamento?!

– Estou.

– Eu aceito! – Ela o abraçou, muito emocionada. – Só tem um detalhe – ela franziu a testa, como se não soubesse como dizer e começou a rir –, você colocou no dedo errado. É na outra mão. – Eles riram juntos.

Ficaram na praia até começar a chover. Depois foram para o hotel onde Galego tinha feito reserva e só voltaram para São Paulo à noite.

No dia seguinte, Galego já teria que voltar para a turnê e Tamara tentou trocar seu plantão com outro médico, mas não conseguiu fazer isso tão em cima da hora. Ela queria levá-lo ao aeroporto para ficar um pouco mais com ele.

8.

Tamara queria muito dividir essa alegria com Sofia. Todos os dias ao chegar ao hospital para trabalhar, pensava em como seria bom vê-la fora do coma. Naquele dia, ela ficou muito surpresa ao entrar no quarto da amiga e ouvir de Beatriz que ela estava reagindo.

– Sofia... Sofia... Minha amiga, você está acordando? – Tamara falou carinhosamente, bem baixinho, acariciando a mão dela.

E então ela sentiu.

Sofia segurou o dedo da amiga entre eles.

Beatriz abraçou Tamara, radiante. Quando as duas se afastaram, puderam ver os olhos de Sofia entreabertos.

Tamara saiu do quarto para avisar o que tinha acontecido a alguém que ficaria extremamente feliz com a notícia. Ela sabia que Murilo estava muito presente na casa da ex-mulher, mas não poderia deixar de avisá-lo.

Murilo não atendeu, e Tamara teve a ideia de telefonar para a casa de Salma, que poderia saber como localizá-lo. Laila atendeu e perguntou se podia ajudá-la, mas ela disse que o assunto era com Salma, para saber se os sintomas haviam passado.

– *Ela não reclamou mais* – Laila falou.

– Que bom, fico feliz. Mesmo assim, eu gostaria de fazer umas perguntinhas. Será que ela poderia me atender?

Salma atendeu prontamente a médica, que não sabia exatamente como contar o que estava acontecendo. Pelo que via nas consultas, Murilo e a avó eram muito ligados, e Salma parecia saber sobre o interesse do neto por Sofia. Mesmo assim, procurou ter cuidado.

– Dona Salma, que bom que a senhora melhorou. Continue repousando até o fim da semana, como combinamos.

– *Pode deixar. Dessa vez vou fazer direitinho. Sem o Murilo aqui é mais fácil não fazer nada.* – A informação veio sem esforço. – *Ele sempre me leva para algum lugar ou quer fazer uma caminhada comigo no condomínio.*

– Ah, ele não está?

– *Viajou faz três dias. Seu noivo não contou pra você? Ele foi tocar com a banda.*

Tamara não tinha certeza de que Murilo embarcaria com Galego, pois ele não comentara nada e ela teve plantão naquela manhã, não podendo acompanhá-lo até o aeroporto. Ela sabia bem que Murilo poderia viajar a qualquer momento, mas pensou que seria para o último show da turnê, e ainda faltavam alguns meses para isso. Galego também havia comentado sobre a possibilidade de Murilo se juntar a eles, mas não falou que seria tão rápido.

– Faz mais ou menos uma semana que não falo com ele, dona Salma.

– *Murilo embarcou como se estivesse fugindo de alguém.*

Tamara telefonou em seguida para Galego e contou sobre Sofia. Ele achou melhor, por enquanto, não dizer nada a Murilo, que estava muito feliz por integrar a banda novamente e havia tido sucesso em seu primeiro show.

– *Ele voltaria hoje mesmo se soubesse que ela acordou* – Galego comentou.

– Mas não é certo que ele fique sem saber. Ele desejou isso durante meses! Vinha ao hospital todos os dias...

– *Tami, ele voltou com a Betina* – Galego contou.

– Não acredito.

– *Não que isso o impeça de mudar de ideia rapidinho quando souber da Sofia, mas não é tão simples assim dar a notícia e não o fazer sofrer. As meninas estão superfelizes porque ele vai voltar pra casa. Imagina só o rolo que isso pode dar.*

– Mas deu tempo de acontecer tudo isso? Eu soube que ele estava visitando as filhas com mais frequência porque a ex estava mais calma, mas não imaginei que ele fosse ficar com ela de novo.

– *Nem eu imaginei isso, e talvez nem ele, mas eles têm um laço forte, que são as filhas. Parece que a Betina largou do pé do Murilo e, além disso, ele não vive sem aquelas meninas. Uma delas se machucou há pouco tempo e ele quer estar por perto.*

– É, eu soube do acidente. Mas a minha amiga precisa dele.

– *Tami, desculpe, mas ela não escolheu o Murilo. Agora que ele se resolveu, não vamos nos meter, vamos deixar as coisas acontecerem naturalmente. Eles vão ter muito tempo para se acertarem. Deixa o Murilo ser feliz um pouquinho, ele está curtindo muito estar aqui.*

– Posso falar com ele?

– *Se for contar alguma coisa, eu vou me decepcionar muito com você. Acabei de pedir pra deixar meu amigo ser feliz.*

– Eu não faria isso, amor. Só quero sentir se ele está feliz mesmo.

Contrariado, Galego levou o telefone para Murilo, que estava em outro camarim.

– *Tamara! Que bom falar com você! Como estão as coisas aí?*

– Quem tem que me contar as novidades é você. Foi embora sem falar com os amigos...

– *Desculpe. Eu não falei com ninguém porque nem eu sabia que ia acabar viajando logo. Vim com uma vontade enorme de mudar tudo na minha vida. Não quero mais dedicar meu tempo a nada que me deprima.*

– E a Betina?

– *Felizmente, ela não tem me deprimido.*

– Não foi o que eu quis dizer – ela se explicou.

– *Tudo bem. Não tem problema.*

– Ela está apoiando você?

– *Ela está me dando um suporte para eu viver o que quero, finalmente.*

– Para viver tudo o que quer? – Tamara não se conteve e tentou alertá-lo. Murilo ficou calado e ela entendeu que o assunto não seria mesmo bem-vindo. – Murilo, torço muito por você.

– Meu primeiro show foi maravilhoso e me deu gás pra seguir com eles até o fim.

Galego voltou ao telefone e Tamara negou ter dito algo sobre a amiga.

– Continuo achando que ele tem direito de saber.

– Por favor, Tami. Não faça isso por enquanto.

9.

Tamara e Galego se reencontraram quatro meses após a recuperação de Sofia.

Com a proximidade do casamento, estava quase tudo resolvido, só faltando os ajustes na roupa do noivo e pequenos detalhes que Laura ajudou a providenciar. Tamara trabalhou até as vésperas do casamento para aproveitar ao máximo os dias de férias em lua de mel.

Murilo não conseguiria chegar a tempo para a cerimônia, pois precisou ficar mais alguns dias no Rio de Janeiro após o último show da turnê, para participar com Diego de uma importante reunião com o diretor artístico e o presidente da gravadora. Porém, o presidente não conseguiu voltar de Nova York, autorizando que a reunião acontecesse sem sua presença. Com isso, Murilo pediu a Denis que antecipasse o encontro para que ele fosse ao casamento de Galego. Mesmo assim, achou melhor não contar ao amigo, pois seu voo chegaria no horário da cerimônia e qualquer atraso o faria perder a festa. Galego ficaria surpreso ao ver Murilo, assim como ficaram Betina e as filhas quando ele ligou do aeroporto, no Rio de Janeiro.

– Desculpe avisar assim, em cima da hora, Betina. Sei que você gostaria de ir ao cabeleireiro e ver com mais cuidado qual roupa vestir, mas saí agora da reunião e meu voo parte em meia hora. Será que até eu chegar aí você consegue se aprontar?

– Acho que sim, Murilo.

– Eu queria muito ir.

– E as meninas?

– Podemos deixá-las na casa da minha mãe. É caminho para a festa. Já vou ligar pra ela e combinar tudo. Acho que nem preciso subir em casa. Deixo a minha mala no nosso carro mesmo.

– Mas e a sua roupa, Murilo? Não vai se trocar?

– Eu não tinha pensado nisso! Não queria perder tempo. Se eu colocar a camisa que estou vestindo pra dentro da calça e vestir um blazer, já melhora.

– Certo. Eu pego um blazer.

– Betina, pegue também meu sapato marrom. Estou de tênis... – Os dois riram e logo desligaram para que ela tivesse tempo de fazer tudo.

O voo atrasou vinte minutos, atrapalhando os planos de Murilo. Ao se aproximar de casa, ligou para Betina descer, mas ela não estava pronta. Resolveram então fazer tudo com calma, pois a cerimônia já tinha começado, e ir só para a festa.

Fazia meses que Murilo não via as filhas, que o receberam animadas.

– Pai! Você demorou! – as duas falaram quase ao mesmo tempo.

– Demorei mesmo. Senti muita saudade de vocês. – Ele as abraçou. Foram meses longe de casa e ele se sentia feliz por estar de volta.

– E de mim? Sentiu saudade? – Betina entrou na sala.

Murilo sorriu e foi abraçá-la também. Enquanto Betina terminava de se vestir, ele tomou uma ducha rápida. No quarto, Nina ajudou o pai a escolher a camisa, enquanto Duda contava as novidades do colégio e mostrava que mais um dente estava faltando.

A turnê havia sido desgastante, com muitas viagens, mas ele sempre arranjava tempo para pensar em Duda e Nina, ligar para elas. Murilo olhou para Betina, observou seus gestos suaves, sua beleza delicada. Seus cabelos ruivos e lisos estavam um pouco mais compridos, na altura dos ombros. Os olhos negros estavam mais brilhantes. Pensou em sua força de vontade para viverem bem, superando as dificuldades, os conflitos pessoais. Ele sabia que ela estava fazendo o máximo que podia para resgatar o casamento.

Com Murilo em turnê, eles mantiveram contato diariamente. Antes da separação, mesmo morando na mesma casa, chegavam a ficar sem conversar por dias. Antes, ele tentava respeitá-la em nome da convivência. Agora, Murilo respeitava de verdade a mãe de suas filhas, admitindo que seu comportamento era outro, que ela se importava mais com as meninas. Betina estava mais forte, menos deprimida. Além disso, também demonstrava ter consideração por ele, entendendo sua ausência sem cobranças, sem brigas. Estavam vivendo sua melhor fase. Murilo, enquanto calçava os sapatos, pensava exatamente nisso. Essa conclusão, em vez de deixá-lo confiante, trouxe um desespero particular. "E de mim? Sentiu saudade?" Murilo se chateou por não responder a

Betina que ela fazia tanta falta a ele quanto as filhas. Depois de muito tempo longe de casa, seria o momento ideal para saber se, além de respeito, havia surgido outro sentimento entre eles. Murilo fez força para se lembrar de algum momento durante seu período fora em que tivesse pensado em Betina como sua mulher, e não apenas como mãe de suas filhas, preocupado se ela estava conseguindo dar conta de cuidar das meninas sozinha.

Salma e Carmem já esperavam no portão quando o carro parou.

– Desculpem, sei que estão atrasados. – Salma saiu para falar com eles. – Eu precisava ver você, Murilo.

Ele desceu do carro para abraçá-la.

– Que saudade, vó! Como você está? – Ele baixou o olhar para examinar suas pernas, muito inchadas. – As dores melhoraram?

– Estou bem, não se preocupe comigo.

– Bem, precisamos ir. – Ele a beijou carinhosamente.

– Quem não parece bem é você.

– Estou ótimo.

– Depois quero saber dos detalhes da viagem.

– Pode deixar. Eu passo aqui amanhã pra conversarmos melhor.

Ele acenou para Salma e as filhas, com um sorriso desanimado.

Resignado, Murilo tentou esquecer que ele e Betina estavam na "melhor fase", que era o máximo que um podia fazer pelo outro. Decidiu não refletir mais sobre isso para que

Sofia não ocupasse novamente seus pensamentos e seu coração. Murilo sabia que isso acabaria acontecendo.

– Vamos, Murilo – Betina o chamou quando ele hesitou para entrar no salão.

Sentiu-se receoso ao chegar à festa, por se lembrar de que iria rever pessoas muito ligadas a Sofia, como Laura e Beatriz.

Galego viu Murilo chegando e foi cumprimentá-lo, muito surpreso com a presença do amigo.

– Eu não esperava vê-lo aqui! – Tamara também estava animada.

Ela fez algumas perguntas sobre a viagem, mas Murilo não prestava atenção. Apenas fez um gesto para que Tamara o esperasse voltar e saiu. Betina estranhou seu comportamento e foi atrás dele. Murilo ia em direção ao gramado. Ela o abraçou quando o alcançou, preocupada.

– Você fugiu! Vamos voltar para conversar com o Galego.

Murilo estava imóvel, atento ao que via. Ele parecia não acreditar em seus olhos. Passou a mão pelo rosto e apertou a vista.

– Não é possível – ele falou sozinho.

– Vamos, Murilo. Você deixou a noiva falando sozinha – Betina disse.

Ele deu alguns passos, devagar. "É ela!", ele então teve certeza ao se aproximar mais do gramado. Murilo perdeu o ar por um momento, tamanho o susto que levou. Seu coração deu um salto e disparou, dando a ele energia para correr e não perder nem mais um segundo parado. Ele imaginou várias vezes o que diria a Sofia quando ela estivesse recuperada. Na verdade, achou que se abraçariam antes de qualquer outra coisa, que nem precisariam dizer nada.

Murilo não se importou com mais nada e foi atrás de Sofia, que saiu assustada da festa debaixo de chuva, sem olhar para trás. Ele queria perguntar como ela estava, saber quando havia saído do hospital. Apesar de chamá-la várias vezes, ela não parou para conversarem e saiu num táxi.

Cristiano foi buscar o carro no quarteirão seguinte para seguir Sofia. Ele não viu quando o táxi que a levava parou de repente. Aliviado, Murilo, que estava parado no meio da rua, esperou que ela saísse do veículo para finalmente conversarem.

– Me ajude aqui! – O motorista parecia nervoso e pediu ajuda a Murilo, que já havia corrido para perto do táxi.

Dentro do veículo, Murilo encontrou Sofia desacordada. Ele e o motorista tentavam reanimá-la quando ela começou a chorar.

– O que aconteceu? Está tudo bem? – Murilo se preocupou.

– O carro girou... Não deu tempo... Ele não viu...

– Calma, Lua, por favor. Você está muito nervosa. Não aconteceu nada com o carro, está tudo bem.

– Aquele dia... Eu vi, eu me lembrei...

Murilo entendeu que ela estava falando da noite do acidente que acontecera quase um ano antes. Ele a abraçou, querendo confortá-la. Aos poucos, Sofia foi conseguindo respirar melhor e se afastou de Murilo para observá-lo. Não houve necessidade de trocarem nenhuma palavra. Sofia o beijou como se nada tivesse acontecido, como se eles não tivessem ficado tanto tempo afastados. Ela se esqueceu das recentes lembranças do acidente, se esqueceu de Cristiano... Do lado de fora, seu noivo viu quando Murilo só se afastou dela no momento em que notou a presença de Betina perto do táxi parado no meio da rua. Os rostos curiosos ao redor do carro trouxeram Murilo e Sofia, involuntariamente, de volta ao presente, interrompendo aquele esperado reencontro.

– Murilo... – Sofia o chamou quando ele desceu do carro, sem saber como agir.

Cristiano entrou no táxi e pediu ao motorista que os levasse rapidamente para outro lugar.

Calada, Betina esperou que Murilo se explicasse, mas ele precisava pensar, ficar sozinho.

– Murilo – ela o chamou.

– Desculpe, Betina. Sei que desrespeitei você.

Ela mostrou a ele seu celular, que havia vibrado dentro da bolsa.

– É da casa da sua mãe.

10.

Murilo e Betina também saíram da festa sem se despedir dos noivos. Laila os esperava angustiada. Duda e Nina estavam no quarto de Salma quando ela passou mal. As meninas avisaram a avó, muito assustadas. A ambulância já tinha sido chamada, mas Laila queria a presença de Murilo para acompanhar Salma ao pronto-socorro. Quando ele chegou, ela havia acabado de ser levada. Munir a acompanhou e Laila ficou em casa com as netas.

– Pai, ela vai sarar? – Nina perguntou, preocupada.

Murilo olhou para ela com uma fisionomia de dúvida e preferiu não responder, pois não gostava de mentir para as filhas.

– Betina, fique aqui com elas. Pra onde a levaram? – ele perguntou para Laila.

– Para o hospital onde ela sempre é atendida.

Sem Tamara disponível para atendê-la, Murilo se preocupou mais do que das outras vezes. Sentia-se inseguro, pois não estava com ela, não sabia o real estado de Salma.

– Não pode vê-la agora, filho – Munir avisou quando Murilo chegou ao hospital. – Ela está na UTI.

– Mas ela estava tão mal assim?

– Parece que sim.

Munir avisou Laila pelo telefone e desceu com Murilo para distraí-lo.
– É melhor ficarmos perto dela. – Murilo se preocupou. – Pode ser que o médico apareça dando notícias.
– Vai demorar um pouco. Fique tranquilo.
– Não vou conseguir ficar aqui sem poder vê-la.
– Vá para casa. Eu aviso quando souber de algo.
– Não, eu fico com você. Quero falar com o médico.
– Filho, você está muito ansioso. Infelizmente, não há o que fazer agora.
– Eu queria vê-la.
– Eu sei, mas, por enquanto, não é possível.

Murilo acompanhou o pai até a lanchonete, mas não tinha apetite. Apenas fez companhia para Munir, tentando matar o tempo.

Aquela noite seria especial, não fosse o estado de saúde de Salma. Murilo buscava reviver aqueles minutos que passou com Sofia, mas não conseguiu se concentrar em sua alegria de horas atrás, julgando-se egoísta. Ele precisava ficar sozinho, sem ter que falar com ninguém. Com o casamento de Galego acontecendo naquela hora, os músicos estariam na festa e o galpão, vazio. Lá, ele esperava ter a paz que buscava quando saiu do hospital, ainda sem notícias de Salma.

Acendeu a luz sobre o palco e circulou entre os instrumentos, sem inspiração para tocar. Sentou-se à bateria e pegou as baquetas no chão. O bumbo produziria um som pesado, seco, triste, que ele quis evitar. Preferiu tocar os pratos, suavemente. O resultado foi um som solitário, monótono.

Quieto, ele novamente se sentiu frustrado. Pensou no caminho que percorrera, no que havia construído. Duda e Nina sempre foram um alento, uma resposta de que nem tudo tinha sido um erro. Ele faria tudo de novo para tê-las em sua vida. Mas, após o nascimento das meninas, mudar o rumo talvez fosse o mais sensato, o mais honesto com ele mesmo. Porém, Murilo praticamente não havia saído do lugar, apesar de ter tentado muitas vezes. O sucesso da Data Venia, é claro, foi uma enorme vitória, mas ele não se sentia um vencedor.

– Que bom que encontrei você aqui.

Murilo custou a acreditar que Sofia estava no galpão, falando com ele.

– Eu preciso me desculpar – ela continuou. – Acabei deixando você constrangido. Sua mulher estava lá...

– Não. Você não precisa se desculpar por nada.

Ele se levantou e foi até ela. Sofia ainda usava o vestido azul da festa, mas os cabelos, antes semipresos, estavam soltos. Murilo tocou-lhe o rosto, os braços, notando que sua pele estava arrepiada. Era como se ele precisasse ter certeza de que ela estava ali.

– Você conseguiu, Sofia.

Ela fechou os olhos e sorriu, sabendo que ele estava se referindo a sua recuperação.

– É incrível... – Murilo continuou a falar. – Eu me lembro da nossa conversa aqui no galpão como se fosse ontem.

– Agora já posso dizer que também me lembro – ela brincou.

Murilo logo apagou o sorriso, mas preferiu não falar sobre Salma.

– Foi você que pediu pra não me contarem que tinha saído do hospital? – ele teve coragem de perguntar.

Sofia negou balançando a cabeça.

– E você, Murilo? Por onde andou?

– Parece que temos muito a conversar – Murilo constatou.

– Antes, eu preciso tocar violino.

Epílogo

Sofia reconheceu o arranjo da música. Foi impossível evitar a emoção com o solo de violino.

Ela caminhou suavemente.

Cada passo era a celebração de uma vitória. A luta havia sido muito grande. Apesar de se sentir, muitas vezes, frágil, impotente, ela havia conseguido. Sofia não queria mais desperdiçar nem um segundo da vida que lhe fora oferecida novamente, como um crédito, um presente, uma bênção. Sentia-se especial por ter superado tantas dificuldades. Era como se só naquela hora ela finalmente notasse que havia recebido uma segunda chance. E viver era o que Sofia mais queria. Viver intensamente, viver sem medos, viver apenas o que fosse verdadeiro e que lhe preenchesse a alma, que já havia sido tão vazia, tão seca. Ter estado tão perto do outro lado, tão perto do fim, a encorajou a um novo começo. Tudo seria diferente. Ela queria valorizar até mesmo os problemas cotidianos dali em diante, valorizar tudo o que compusesse sua vida, sua história. De olhos fechados, sorriu, imaginando o que ainda vinha pela frente.

Na verdade, ela esperava se emocionar ao ouvir sua música preferida, mas, assim que a grande porta de madeira se abriu, ela sentiu tudo de uma forma muito intensa. Cada vez mais perto do altar, Reinaldo segurou firme sua mão, que estava fria por causa do nervosismo. Ela o olhou, como que agradecendo o apoio. Ele lhe deu um beijo no rosto e aguardou que o noivo fosse recebê-la.

Beatriz nunca imaginou ver Sofia tão realizada. A imagem daquela linda mulher, de longos cabelos negros, presos apenas nas laterais com flores brancas, uma silhueta elegante delicadamente vestida por um leve tecido, caminhando em direção ao altar, ficaria para sempre registrada em sua memória como um símbolo de sua superação. Era como se todo o sofrimento tivesse sido apenas um sonho ruim.

Laura, Tamara e Galego estavam no altar como padrinhos. Tamara sempre torceu por Murilo e se emocionou quando Sofia a convidou para ser madrinha. Laura não esperava ter o amigo de infância como cunhado, mas aceitou bem. Galego sempre quis ver o amigo feliz e, finalmente, ele testemunhava aquele momento.

– Na presença de Deus, de sua família e de seus amigos, eu pergunto: Sofia, você aceita Murilo por seu esposo, para viverem juntos segundo o mandamento de Deus no Santo estado do matrimônio?

– Sim.

Por algum tempo, Murilo não se permitiu mais sonhar, e o compromisso de marido e de pai estava acima de qualquer coisa. Ele já tinha assumido que sua felicidade seria cuidar das meninas e não decepcionar Betina, ou melhor, não a tornar ainda mais infeliz. Apesar de Murilo lutar para honrar esse compromisso, era Sofia quem ele imaginava que o escutava quando ele falava alguma coisa divertida, ou estava ao seu lado quando ele dormia, ou lhe assistia enquanto ele tocava bateria, ou o acompanhava nos almoços solitários, nos trajetos que fazia de carro, nas tardes ensolaradas, porém frias. Era com Sofia que ele sonhava, era dela que ele se lembrava ao ouvir as notas mais harmônicas.

Se nem mesmo a linda família de Murilo, a paz com Betina e o reconhecimento profissional o tornaram um homem completo, ele julgou que depois de ter amado Sofia seu destino sempre seria o fracasso se não pudesse estar com ela. O resultado de tê-la encontrado era definitivo, permanente. Nada parecia poder apagá-la. A distância entre Sofia e Murilo intensificou o que sentiam um pelo outro, e de alguma forma os aproximou, numa perseguição teimosa por provarem que poderiam mudar o destino de suas vidas. Quanto mais longe ficavam, mais eles queriam viver o que, aparentemente, não seria possível.

Sofia não precisava de recordações, não precisava se lembrar de nada. Ela amaria Murilo a cada recomeço, a cada reencontro.

No altar, Laila e Munir se emocionaram quando as netas entraram na igreja em vestidos brancos, levando as alianças em pequenos buquês. Murilo não segurou as lágrimas ao ver que sua união com Sofia era abençoada pelas filhas. Ele respirou fundo e procurou por uma pessoa em meio aos convidados. Ela estaria do lado direito, sentada na primeira fileira. As lentes espessas dos óculos não esconderiam os olhos úmidos de Salma se ela pudesse ver a alegria de Murilo naquela noite. Emocionado ao se lembrar da avó, ele olhou para cima, e, discretamente, soltou um beijo no ar. "Maktub".

Ele acabou sorrindo ao se lembrar de que foi depois que ela partiu que as coisas deram certo com Sofia, esperando que Salma pudesse ter ajudado de alguma forma.

Agradecimentos

Aos que leram o livro antes da publicação e sempre me apoiaram, principalmente meu pai, que adora essa história que contei aqui.

À minha tia-avó Yvone, para quem eu sempre pergunto detalhes da nossa família libanesa e me divirto com um passado que nem vivi.

Ao dr. Evandro Souza, neurocirurgião que me orientou sobre tudo o que eu precisava saber sobre o tratamento de uma pessoa em coma.

Às longas e divertidas conversas com Denis sobre o mundo das bandas e da produção musical.

A minha família e amigos, que contribuíram contando um pouco sobre o dia a dia de suas profissões.

FONTE: Century Old Style Std

#Novo Século nas redes sociais